O médico
e o monstro

clássicos melhoramentos

O médico e o monstro

Robert Louis Stevenson

tradução
Marcos Marcionilo

Editora **Melhoramentos**

Dados Internacionais de Catalogação na Publicação (CIP)
(Câmara Brasileira do Livro, SP, Brasil)

Stevenson, Robert Louis, 1850-1894
 O médico e o monstro / Robert Louis Stevenson; tradução Marcos Marcionilo. – 2. ed. – São Paulo: Editora Melhoramentos, 2024.

 Título original: The strange case of dr. Jekyll and mr. Hyde

 ISBN 978-65-5539-783-3

 1. Ficção inglesa I. Título.

23-186254   CDD-823

Índices para catálogo sistemático:
1. Ficção: Literatura inglesa 823

Aline Graziele Benitez – Bibliotecária – CRB-1/3129

Tradução: Marcos Marcionilo
Bagagem de informações: Ricardo Paschoalato e Simone Oliveira
Revisão: Anna Clara Gonçalves e Lui Navarro
Projeto Gráfico: Amarelinha Design Gráfico e Carla Almeida Freire
Diagramação: Isabella Silva Teixeira e Carla Almeida Freire
Ilustração de capa: Weberson Santiago

Direitos de publicação:
© 2024 Editora Melhoramentos Ltda.
Todos os direitos reservados

2.ª edição, julho de 2024
ISBN: 978-65-5539-783-3

Atendimento ao consumidor:
Caixa Postal 169 – CEP 01031-970
São Paulo – SP – Brasil
www.editoramelhoramentos.com.br
sac@melhoramentos.com.br

Siga a Editora Melhoramentos nas redes sociais:
 /editoramelhoramentos

Impresso no Brasil

Sumário

A história da porta 9
No encalço de Mr. Hyde 17
Dr. Jekyll estava bem à vontade 28
O caso do assassinato de Carew 31
O incidente da carta 37
Notável incidente com o Dr. Lanyon 43
O incidente da janela 48
A noite derradeira 50
A narrativa do Dr. Lanyon 64
Declaração completa do caso por Dr. Jekyll 73

Bagagem de informações 93

Para Katherine de Mattos

Não se devem desatar os laços que Deus decidiu unir;
seremos sempre filhos da urze e do vento.
Mesmo muito longe de casa, para você e para mim
A giesta floresce sempre linda nas terras do Norte.

A história da porta

Mister Utterson, advogado, era um homem de semblante austero, que nunca se iluminava com um sorriso; frio, frugal e embaraçado ao falar; retraído no sentimento; magro, comprido, grisalho, melancólico e, mesmo assim, em certa medida, adorável. Nas reuniões com amigos, e quando o vinho o agradava, algo eminentemente humano brilhava em seu olhar; algo que, por certo, nunca encontrava caminho até sua fala, mas que falava não só nos símbolos silenciosos das faces depois do jantar, mas, com maior frequência e mais expressivamente, nos atos de sua vida. Ele era austero consigo mesmo; bebia gim quando estava só para mortificar seu gosto por vinhos de boa safra; e mesmo que gostasse muito de teatro, não cruzava as portas de um havia vinte anos. Mas mantinha uma comprovada tolerância para com os demais; às vezes, maravilhado, quase sentindo inveja, em face da grande aflição dos espíritos envolvidos em delitos; e diante de qualquer ato extremo se sentia mais inclinado a ajudar do que a censurar. Ele costumava, muito estranhamente, dizer:

– Tenho uma queda pela heresia de Caim; deixo que meu irmão se ferre pelo caminho que ele queira escolher.

Por esse motivo, era frequente ele ter a sorte de ser o último conhecido honrado e a última boa influência na vida dos homens em decadência. E para pessoas como estas, que vinham visitá-lo em seu escritório de advocacia, nunca deu a perceber qualquer mínima sombra de mudança em seu comportamento.

Essa proeza, sem dúvida, não era difícil para Mr. Utterson, porque ele era completamente retraído e até mesmo suas amizades pareciam fundadas em uma liberalidade universal. O traço característico de um homem modesto é aceitar o círculo de amizades posto à sua disposição pelas mãos da oportunidade; e era justamente essa a atitude do advogado. Seus amigos eram pessoas de seu próprio sangue, ou aqueles que conhecia havia muito tempo; seus afetos, como a hera, eram uma produção do tempo, não supunham nenhuma aptidão por parte do objeto. Era dali que vinha, sem dúvida, o vínculo que o unia a Mr. Richard Enfield, um parente distante, homem muito conhecido na cidade. Para muitos, era um enigma difícil de resolver: o que aqueles dois podiam ver um no outro? E que assunto em comum poderiam ter? Aqueles que os encontravam em suas caminhadas dominicais contavam que nada diziam, que pareciam especialmente entediados e que saudavam com evidente alívio um amigo que aparecesse. E mesmo assim, os dois homens punham o maior empenho naquelas excursões e as consideravam a joia principal de toda a semana; não só deixavam de lado ocasiões de prazer, como resistiam até mesmo a assuntos de negócios para poder desfrutá-las sem interrupções.

E aconteceu que, em uma dessas voltas, a direção que tomaram os conduziu a uma rua transversal de um movimentado bairro de Londres. A rua era curta e tranquila, mas levava a um comércio próspero durante os dias de semana. Todos os moradores davam a impressão de estar indo muito bem. Todos esperavam ir competitivamente melhor ainda e aplicavam os ganhos que obtinham em frivolidades; de modo que a frente das lojas se alinhava ao longo da via pública em uma atmosfera de convite, como se fossem fileiras de vendedoras sorridentes. Até mesmo aos domingos, quando disfarçava seus encantos mais visíveis e estava comparativamente vazia de passantes, a rua brilhava como uma fogueira na floresta em contraste com a vizinhança esquálida; e com suas venezianas recém-pintadas, com seus caixilhos bem-polidos, com a limpeza e a alegria generalizadas que a caracterizavam, chamava imediatamente a atenção e acariciava o olhar dos transeuntes.

A duas portas de uma esquina, na mão esquerda, na direção leste, a linha era quebrada pela entrada de um pátio, e, justamente nesse ponto, o bloco sinistro de uma construção projetava a empena de seu frontão sobre a rua. A construção tinha dois andares; não exibia uma janela, nada além de uma porta no andar inferior e um frontão cego de parede descolorida no andar superior; ostentava em cada traço as marcas de um abandono prolongado e sórdido. A porta, sem campainha nem aldrava, tinha a pintura descascada e cheia de bolhas. Mendigos acomodavam-se no portal e acendiam fósforos nos painéis; crianças mantinham negócios nos degraus; algum estudante havia experimentado seu canivete nas molduras, e por quase uma geração não aparecera quem desalojasse esses visitantes fortuitos ou consertasse seus estragos.

Mr. Enfield e o advogado estavam do outro lado da rua transversal; mas quando chegaram diante da porta, o primeiro levantou a bengala e apontou:

– Você, alguma vez, prestou atenção nessa porta? – perguntou.

E quando seu companheiro deu uma resposta afirmativa, ele acrescentou:

– Em minha cabeça, ela está relacionada com uma história muito estranha.

– Sério? – disse Mr. Utterson, com uma leve mudança na voz. – De que se trata?

– Bem! Aconteceu o seguinte: – replicou Mr. Enfield. – Eu estava voltando para casa, vindo de algum lugar no fim do mundo, por volta das três horas de uma escura manhã de inverno, e meu caminho seguia por uma parte da cidade onde literalmente não havia coisa alguma que se pudesse ver, além dos lampiões. Rua e mais rua, e todo mundo adormecido – rua e mais rua, tudo iluminado como se tivesse sido disposto para uma procissão e tudo tão vazio quanto uma igreja –, até que por fim entrei no estado mental em que um homem escuta, escuta e começa a ficar ansioso para ver ao menos um policial. De repente, vi duas figuras: a de um homenzinho que andava pesadamente no rumo leste com certa pressa, e a outra, de uma menina entre oito e dez anos, que vinha correndo o mais rápido que podia em direção ao cruzamento. Bem, senhor, os dois corriam um de encontro ao outro e naturalmente se chocaram na esquina; e então aconteceu a parte horrível dessa história, porque o homem pisoteou com toda a tranquilidade o corpo da menina e a deixou berrando no chão. Ouvir a história não é nada, ver é que foi horrível! Aquilo não parecia um homem, parecia algum maldito *Juggernaut*[1]. Gritei por ele, corri, agarrei o cavalheiro pelo colarinho e o levei de volta ao lugar, onde já se juntara um bom grupo de pessoas ao redor da menina que gritava. Ele estava perfeitamente calmo e não opôs resistência, mas me dirigiu um olhar tão hediondo que me fez suar muito, como se eu estivesse correndo. As pessoas que haviam aparecido eram parentes da menina e logo depois chegou o médico de cujo consultório ela estava vindo. Bem, a menina não estava tão mal assim, mas muito assustada, de acordo com o médico, e você até poderia pensar que o assunto morreria ali. Mas aconteceu algo de muito estranho. Eu tinha sentido repugnância do cavalheiro e o mesmo ocorrera com a família da menina, o que é muito natural. Mas o que realmente me impressionou foi a figura do médico. Ele

---

1 Juggernaut é um deus hindu. Conta-se que seus adoradores demonstram devoção jogando-se diante do carro que carrega a imagem desse deus em uma procissão. Enfield compara esse esbarrão brutal com tais ritos antigos.

era o típico boticário normal, sem idade nem cor específicas, com um forte sotaque de Edimburgo e tão inclinado à emoção quanto uma gaita de foles. Bem, senhor, o médico era semelhante a todos nós; vi que toda vez que olhava para meu prisioneiro, parecia doente e ficava pálido de tanta vontade de matá-lo. Percebi o que ele tinha em sua mente, assim como ele sabia o que se passava pela minha; e como matar o homem estava fora de questão, fizemos o melhor que pudemos. Dissemos a ele que podíamos e faríamos daquilo um escândalo tão grande que o nome do cavalheiro empestearia Londres de ponta a ponta. E se lhe restasse algum amigo ou algum crédito, nós nos encarregaríamos de que os perdesse. E durante todo o tempo em que o mantivemos acuado, seguramos as mulheres longe dele o máximo que podíamos, porque elas pareciam harpias selvagens. Eu nunca vira um círculo de rostos tão inflamados de ódio, e o homem ali no meio, com uma espécie de frieza obscura, irônica – e também amedrontada, pelo que pude ver –, pronto para qualquer coisa, senhor, como se fosse o próprio Satanás.

– Se desejam tirar vantagem desse acidente – disse ele –, eu estou logicamente indefeso. Não há cavalheiro que não deseje evitar um escândalo. Digam logo quanto querem.

Bem, nós o espremermos, até que soltou cem libras para a família da menina; era evidente que ele teria preferido se livrar, mas havia algo de muito ameaçador em nós, e ele, por fim, cedeu. O próximo passo era pegar o dinheiro. E onde o senhor acha que ele nos trouxe, a não ser exatamente a este lugar, a esta porta? Sacou uma chave, entrou e voltou num instante, com dez libras em ouro e, para completar a quantia, um cheque ao portador, do Banco Coutts, assinado com um nome que não posso mencionar; ainda que seja esse um dos pontos altos de minha história, mas se tratava de um nome muito conhecido, que aparece frequentemente na imprensa. A quantia era alta, mas a assinatura valia muito mais, se é que era autêntica. Tomei a liberdade de indicar ao cavalheiro que aquele negócio todo parecia apócrifo, que na vida real um homem não entra pela porta de uma adega às quatro horas da manhã e sai com um cheque de quase cem libras assinado por outro homem. Mas ele se mantinha muito tranquilo e insolente.

– Pode ficar descansado – disse ele. – Ficarei com vocês até que os bancos abram e eu mesmo sacarei o valor do cheque.

De forma que nos pusemos todos a caminho, o médico, o pai da menina, nosso amigo e eu, e passamos o resto da noite em meu escritório. No dia seguinte, depois de ter tomado o café da manhã, fomos todos ao banco. Eu mesmo apresentei o cheque e disse ter todas as razões para acreditar que se tratava de uma falsificação. Mas, longe disso, o cheque era autêntico.

– Ora essa! – disse Mr. Utterson.

– Vejo que sente o mesmo que eu – falou Mr. Enfield.

– Sim, é uma história perturbadora. Porque ele era alguém com quem ninguém gostaria de ter negócios, um homem realmente detestável; e a pessoa que assinou o cheque é alguém de grande destaque, famoso e (para piorar ainda mais as coisas) um de nossos contemporâneos, que faz o que se chama "o bem". Chantagem, acho eu. Um homem honesto pagando muito caro por alguma tolice de juventude. Por isso chamo a esse lugar da porta de Casa da Chantagem. Mesmo que isso esteja longe de explicar tudo – acrescentou. E com essas palavras se calou e ficou meditando.

Mas foi tirado desse estado pela voz de Mr. Utterson, que lhe perguntou de repente:

– E você não sabe se o sacador do cheque vive aqui?

– Um lugar adequado, não é? – respondeu Mr. Enfield. – Mas, por acaso, anotei seu endereço: vive em não sei que praça.

– E você nunca perguntou sobre o... lugar da porta? – disse Mr. Utterson.

– Não, senhor. Mantive a discrição – respondeu. – Sinto aversão a fazer perguntas, porque fazer perguntas tem parte com o estilo do dia do Juízo Final. Fazer uma pergunta é como pôr uma pedra em movimento. Você está tranquilamente sentado no topo de uma colina, e a pedra se desloca, pondo outras em movimento; de repente, algum velho sujeito (aquele que você menos esperava) é atingido na cabeça em seu próprio quintal, e a família tem que mudar de nome. Não, senhor, sigo sempre essa regra: quanto mais algo se parece com a Rua do Embaraço, menos pergunto.

– Excelente regra, sem dúvida! – afirmou Mr. Utterson.

– Mas eu mesmo estudei o lugar – continuou Mr. Enfield. – Ele em nada se parece com uma casa. Não há outra porta, e ninguém entra ou sai por ela a não ser, muito de vez em quando, o cavalheiro de minha aventura. No primeiro andar, há três janelas que dão para o pátio; nenhuma embaixo; as janelas estão sempre fechadas, mas são mantidas limpas. Além disso, há uma chaminé que, em geral, está fumegando; então, alguém vive aqui. Todavia, não estou bem certo disso, porque os edifícios estão tão perto uns dos outros ao redor desse pátio, que é difícil dizer onde acaba um e começa o outro.

A dupla ficou andando por ali por um pouco mais de tempo em silêncio; depois, Mr. Utterson disse:

– Enfield, essa sua regra é boa.

– Sim, acho que é – respondeu Mr. Enfield.

– E por tudo isso – continuou o advogado –, há um ponto sobre o qual quero fazer-lhe uma pergunta: quero saber o nome daquele homem que pisoteou a menina.

– Bem! – disse Mr. Enfield. – Não vejo que mal haveria nisso. Era um homem chamado Hyde.

– Hum! – ponderou Mr. Utterson. – Que tipo de homem ele é?

– Ele não pode ser facilmente descrito. Há algo de esquisito na aparência dele; às vezes, desagradável; outras, manifestamente detestável. Nunca vi um homem que me provocasse tamanha repulsa, sem que eu saiba exatamente por quê. Deve ter alguma deformação; causa uma forte impressão de deformidade, embora eu não possa ser mais específico quanto a isso. É um homem de aparência extraordinariamente fora do comum, ainda que eu não possa apontar nele nada fora do normal. Não, senhor, não posso indicá-lo, não posso descrevê-lo. E não por falta de memória, porque asseguro que posso vê-lo em minha mente agora mesmo.

Mr. Utterson voltou a caminhar em silêncio, nitidamente sob o peso de alguma preocupação.

– Tem certeza de que ele usou uma chave? – perguntou por fim.

– Meu caro senhor... – começou Enfield, desconcertado.

– Sim, eu sei – disse Utterson. – Sei que pode parecer estranho. O fato é que se não lhe perguntei o nome da outra pessoa é porque já sei quem é. Como vê, Richard, sua história faz sentido. Se você foi inexato em algum ponto, será melhor que se corrija.

– Creio que teria sido melhor que você me tivesse prevenido – respondeu o outro com certo toque de irritação. – Mas fui pedantemente exato, como você costuma dizer. O cara tinha uma chave; e mais: ainda a tem. Eu o vi usá-la há não mais de uma semana.

Mr. Utterson suspirou profundamente, mas não disse uma só palavra. O jovem continuou, um momento depois:

– Essa é outra razão para não dizer nada – falou ele. – Tenho vergonha de minha língua comprida. Façamos o trato de não voltar a tocar nesse assunto.

– De muito bom grado – concordou o advogado. – Trato feito, Richard.

No encalço de Mr. Hyde

Naquela noite, Mr. Utterson chegou a sua casa de solteiro muito desanimado e se sentou para jantar sem apetite. Aos domingos, tinha o hábito de, depois de comer, sentar-se junto à lareira com um volume de árida teologia nas mãos, apoiado em sua mesinha de leitura, até que o relógio da igreja vizinha badalasse meia-noite, momento em que ele se recolhia, sóbrio e agradecido, ao leito. Mas naquela noite, assim que retiraram a mesa, tirou uma vela e foi para seu escritório. Ali, abriu seu cofre e, do fundo mais recôndito, tirou um documento guardado em um envelope no qual se lia: "Testamento do Dr. Jekyll". Depois se sentou, com o cenho fechado, para estudar o conteúdo. O testamento estava escrito à mão porque Mr. Utterson, que só se encarregou dele depois que ficou pronto, negara-se a prestar a mínima assistência em sua redação; ali se dispunha não só que, em caso de morte de Henry Jekyll, doutor em medicina, doutor em direito civil, doutor em ciência jurídica, membro da Royal Society etc., todas as suas posses deviam passar às mãos de seu "amigo e benfeitor", Edward Hyde, como também que, em caso de "desaparecimento ou de ausência inexplicada" do Dr. Jekyll, "por qualquer intervalo superior a três meses", o supracitado Edward Hyde deveria assumir o lugar de Henry Jekyll sem a menor demora e livre de todo encargo ou obrigação, a não ser o pagamento de pequenas quantias aos membros da criadagem do médico. Já fazia muito tempo que aquele documento se tornara um incômodo para o advogado, que se sentia ofendido por ele tanto como advogado quanto como amante dos aspectos racionais e sensatos da vida, porque, para ele, o extravagante era o excessivo. Até então, era sua ignorância de quem era Mr. Hyde que dilatava sua indignação. Agora, por uma espécie de brusca virada, isso ocorria justamente por saber quem era Mr. Hyde. Já era bastante ruim quando o nome não passava de um nome sobre o qual ele nada mais sabia. Mas tudo ficou pior quando o nome passou a se ver revestido de atributos detestáveis. E, das névoas insubstanciais e mutantes que durante tanto tempo haviam confundido seu olhar, pulava agora o pressentimento brusco e nítido de um espírito maligno.

– Pensei que se tratasse de uma loucura – disse, enquanto voltava a guardar o funesto documento no cofre –, e agora começo a ter medo de que se trate de uma desgraça.

Depois de dizer isso, apagou a vela, vestiu um grande casaco e rumou em direção a Cavendish Square, a cidadela da medicina, onde seu amigo, Dr. Lanyon, mantinha residência e onde recebia seus numerosos pacientes.

"Se há alguém que pode saber de algo, esse alguém é Lanyon", pensou.

O cerimonioso mordomo o conhecia: deu-lhe as boas-vindas e não o submeteu à menor espera. Antes o conduziu diretamente da porta de entrada à sala de jantar, onde, sentado sozinho, Dr. Lanyon bebia uma taça de vinho. Dr. Lanyon era um cavalheiro amável, saudável, ativo, corado, com uma mecha de cabelos prematuramente brancos, e de modos decididos e impetuosos. Ao ver Mr. Utterson, levantou-se imediatamente e lhe deu as boas-vindas com as duas mãos. A jovialidade característica de Lanyon às vezes parecia um pouco teatral, mas se baseava em um sentimento autêntico. Os dois eram velhos amigos, antigos companheiros tanto de escola como de universidade, ambos inteiramente respeitadores de si mesmos e um do outro e, o que nem sempre decorre disso, homens que desfrutavam integralmente a companhia um do outro.

Depois de um pouco de tempo gasto em uma conversa descomprometida, o advogado passou ao tema que pesava tão desagradavelmente sobre sua mente.

– Acho, Lanyon – disse ele –, que você e eu somos os dois amigos mais antigos que Henry Jekyll tem, não somos?

– Eu gostaria que fôssemos os amigos mais jovens – riu disfarçadamente Dr. Lanyon. – Acho que somos. Mas... e daí? Sei muito pouco dele atualmente.

– Mesmo? – falou Utterson. – Eu pensava que vocês dois tivessem muitos interesses em comum.

– Tínhamos – foi a resposta. – Mas faz mais de dez anos que Henry Jekyll se tornou esquisito demais para mim. Ele começou a se desencaminhar, a se desviar intelectualmente; e mesmo que nunca tenha deixado de me interessar por ele em honra de nossa velha amizade, eu infelizmente tenho visto muito pouco o homem. Bobagens tão pouco científicas – acrescentou o médico enquanto ia ficando cada vez mais vermelho – que teriam levado até mesmo Damão e Pítias[2] a se indisporem.

Aquela pequena demonstração de irritação serviu de alívio para Mr. Utterson. Ele pensou:

"Eles devem ter divergido em questões científicas." E, como não era homem de paixões científicas (salvo em questões notariais),

---

2 Pítias (ou Fíntias) foi condenado à morte pelo tirano Dionísio no século IV a.C., e seu amigo Damão conseguiu permissão para ficar na prisão em seu lugar, enquanto Pítias foi se despedir da família e resolver assuntos importantes. Damão morreria no lugar de Pítias, se ele não voltasse. Quando Pítias voltou, o tirano ficou tão impressionado pela dedicação e lealdade entre os amigos que revogou a condenação e devolveu a eles a liberdade.

acrescentou: "Deve ter sido só isso". Deu a seu amigo alguns segundos para ele poder se recompor e então abordou a questão de que viera tratar:

– Alguma vez, você cruzou com um *protegé* dele... um tal de Hyde? – perguntou.

– Hyde? – repetiu Lanyon. – Não. Nunca ouvi falar dele, pelo menos enquanto eu ainda visitava Jekyll.

Essa foi toda a informação que o advogado levou de volta consigo para a grande cama escura sobre a qual rolou de um lado para o outro, até que as primeiras horas da manhã começaram a avançar. Foi uma noite de pouco descanso para sua mente esgotada, que trabalhava na escuridão, atormentada por perguntas.

Os sinos da igreja estrategicamente próxima da casa de Mr. Utterson bateram seis horas, e ele continuava absorto em seu problema. Até então, só o havia examinado do ponto de vista intelectual, mas agora era sua imaginação que estava empenhada, ou melhor, escravizada, e enquanto permanecia deitado, mexendo-se de um lado para o outro na pesada escuridão da noite e do quarto guarnecido de cortinas, o relato de Mr. Enfield desfilava por sua mente em uma sucessão de imagens iluminadas. Podia ver a grande área da cidade com as luzes acesas à noite; depois, a figura de um homem caminhando apressadamente; em seguida, uma menina que saíra correndo do consultório do médico; e depois, os dois se esbarrando e aquele *Juggernaut* humano pisoteando a menina e indo em frente sem dar a menor atenção a seus gritos. Ou então, via um quarto em uma casa abastada, onde seu amigo dormia, sonhando e rindo com os próprios sonhos; e a porta do quarto se abria, as cortinas do dossel sobre a cama eram afastadas com um puxão, aquele que dormia era chamado e, veja só!, a seu lado se erguia uma figura à qual se havia dado todo o poder e, mesmo a essa hora da noite, Jekyll era obrigado a se levantar para cumprir suas ordens. A figura dessas duas representações assombrou o advogado durante a noite inteira.

Se ele, em algum momento, cochilou, era apenas para ver essa figura deslizar ainda mais furtivamente em meio às casas adormecidas, ou mover-se rapidamente, cada vez mais rapidamente, até a vertigem, em meio aos labirintos mais amplos da cidade iluminada por lampiões, em cada esquina esmagando uma menina e abandonando-a aos gritos. Mas, mesmo assim, a figura não tinha um rosto pelo qual ele pudesse conhecê-la; nem mesmo em seus sonhos a figura tinha um rosto, ou tinha um rosto que o confundia e se desfazia diante de seus olhos. Foi desse modo que surgiu e cresceu rapidamente na cabeça do advogado uma curiosidade singularmente intensa, quase desmedida, de contemplar os traços do verdadeiro Mr. Hyde. Pensou que se, ao menos uma vez, pudesse pôr os olhos nele, o mistério se esclareceria e talvez até se dissipasse por completo, como costumava acontecer com as coisas misteriosas quando atentamente examinadas. Ele conseguiria ver uma razão para a estranha preferência ou sujeição (chamem-na como quiserem) de seu amigo e até mesmo para as surpreendentes cláusulas do testamento. Ao menos se trataria de um rosto que valia a pena ver: o rosto de um homem sem entranhas para a misericórdia; um rosto que não necessitava mais do que se deixar ver para fazer surgir, na mente imperturbável de Enfield, um sentimento de ódio duradouro.

Desse momento em diante, Mr. Utterson começou a frequentar a porta situada na rua transversal das lojas. Pela manhã, antes de começar o expediente; ao meio-dia, quando o trabalho era muito e o tempo, escasso; à noite, sob a face nevoenta da lua na cidade; sob qualquer luz e em todas as horas, solitárias ou concorridas, era possível ver o advogado em seu posto de vigia.

Ele pensava: "Se ele é Mr. Hyde, tenho de ser Mr. Seek".[3]

---

[3] Utterson estava disposto ao jogo de esconde-esconde, *hide and seek*, em inglês. A palavra *hide* (que se pronuncia do mesmo modo que o nome do personagem Hyde é pronunciado) significa "esconder" e *seek*, "procurar".

Finalmente, sua paciência foi recompensada. Em uma noite esplêndida, sem chuva, o ar estava gelado; as ruas, tão limpas quanto o assoalho de um salão de baile; os lampiões, que nenhum vento sacudia, desenhavam um padrão regular de luz e sombra. Por volta das dez horas da noite, quando as lojas já estavam fechadas, a rua transversal estava muito solitária e, apesar do grunhido rouco que provinha de todas as partes de Londres, muito silenciosa. Sons leves vinham de longe; os sons domésticos que escapavam das casas eram claramente audíveis no outro lado da rua e o barulho da aproximação de qualquer transeunte os precedia com bastante folga. Mr. Utterson passara alguns minutos em seu posto, quando percebeu que um passo estranho, leve, se aproximava. Durante suas patrulhas noturnas, ele se acostumara ao efeito singular pelo qual os passos de uma única pessoa que ainda estivesse a uma boa distância, de repente, se tornavam nítidos no vasto murmúrio e na algazarra da cidade. Contudo, sua atenção nunca fora tão aguda e decididamente atraída; e foi com uma intensa e supersticiosa previsão de sucesso que se dirigiu para a entrada do pátio.

Os passos foram se aproximando rapidamente e ficaram ainda mais nítidos quando chegaram ao fim da rua. O advogado, observando da entrada, logo viu com que tipo de homem teria de tratar. Ele era pequeno, vestido de um modo absolutamente comum, e seu aspecto, mesmo àquela distância, produziu no vigia um intenso desagrado. Foi diretamente para a porta, cruzando a rua para não perder tempo; e, à medida que se aproximava, sacou uma chave do bolso, como alguém que se aproxima de casa.

Mr. Utterson se adiantou e o tocou no ombro enquanto passava:
– Mr. Hyde, penso eu?

Mr. Hyde assustou-se e respirou ofegante. Mas seu susto não durou muito; e mesmo não olhando diretamente para o rosto do advogado, respondeu calmamente:
– É o meu nome. O que deseja?

– Vejo que vai entrar – respondeu o advogado. – Sou um velho amigo do Dr. Jekyll. Mr. Utterson, de Gaunt Street. Certamente o senhor já terá ouvido falar em meu nome, e como o encontrei em um momento tão oportuno, pensei que podia me permitir entrar.

– O senhor não poderá se encontrar com o Dr. Jekyll. Ele não está em casa – respondeu Mr. Hyde, enfiando a chave na fechadura. E depois, bruscamente, mas sem erguer os olhos, perguntou: – Como é que o senhor me conhece?

– O senhor, antes, me faria um grande favor? – perguntou Mr. Utterson.

– Com todo o gosto – respondeu o outro. – De que se trata?

– O senhor me permitiria ver seu rosto? – pediu o advogado.

Mr. Hyde deu a impressão de que hesitava e, depois, como resultado de uma inesperada reflexão, ergueu a cabeça em tom de desafio. Os dois se encararam fixamente durante alguns segundos.

– Da próxima vez, poderei reconhecê-lo – falou Mr. Utterson. – Isso pode ser útil.

– Sim – respondeu Mr. Hyde. – É muito bom que nos tenhamos encontrado; e a propósito, o senhor precisa ter também meu endereço. – E entregou ao advogado um endereço no Soho.

"Meu bom Deus!", pensou Mr. Utterson, "acaso ele também estará pensando no testamento?" Mas guardou os próprios sentimentos para si e não fez mais do que resmungar em agradecimento pelo endereço.

– E agora – disse o outro –, de onde o senhor me conhece?

– De ouvir falar – foi a resposta.

– De ouvir falar por quem?

– Temos amigos em comum... – falou Mr. Utterson.

– Amigos em comum? – repetiu Mr. Hyde, com certa aspereza. – Quem seriam eles?

– Jekyll, por exemplo – comentou o advogado.

– Ele nunca lhe falou de mim! – exclamou Mr. Hyde em um acesso de fúria. – Eu não pensava que o senhor fosse capaz de mentir.

– Vamos lá – disse Mr. Utterson –, esse não é o modo adequado de falar.

O outro lançou um grunhido em voz alta, que terminou em uma gargalhada selvagem e, no instante seguinte, com uma rapidez extraordinária, já havia aberto a porta e desaparecido para dentro da casa.

O advogado ficou ali de pé por alguns instantes depois que Mr. Hyde o deixou... Ele era a própria imagem da inquietação. Então, começou a subir lentamente a rua, fazendo uma parada a cada uma ou duas passadas para passar a mão na fronte, como um homem totalmente perplexo. O problema com o qual se debatia enquanto caminhava era um daqueles bem difíceis de resolver. Mr. Hyde era pálido e tinha algo de anão, dava uma impressão de deformidade sem que qualquer má-formação pudesse ser nomeada, tinha um sorriso desagradável, surgira diante do advogado com uma espécie de mescla assassina de timidez e de audácia e falava com voz rouca, sussurrante e um pouco fraca. Todos esses pontos pesavam contra ele, mas todos eles juntos não conseguiam explicar o desgosto, o ódio e o medo até então desconhecidos com que Mr. Utterson pensava nele.

– Tem de haver algo além disso – disse o perplexo cavalheiro. – Há algo mais. Se eu, ao menos, pudesse encontrar um nome para isso. Deus me proteja, o homem parece não ser humano! Será uma espécie de troglodita? Ou será que se trata da velha história do Dr. Fell?[4] Ou é a simples irradiação de uma alma iníqua que trans-

---

4 Um ódio irracional, ilustrado com o exemplo da tradução de um epigrama de Marcial ordenada por John Fell (1625-1686), bispo de Oxford, conhecido como o exemplo típico de alguém que provoca antipatia sem razão aparente. John Browne, autor do *Diálogo dos mortos* e que estava para ser expulso de Oxford por ter cometido alguma ofensa, foi perdoado por Fell depois de ter aceitado o desafio de traduzir de improviso o 33.º Epigrama de Marcial: "*Non amo te, Sabidi, nec possum dicere quare/ Hoc tantum possum dicere, non amo te*". Ele, imediatamente, respondeu ao

pira, e desse modo o transfigura, através de seu vaso de argila? Creio ser esse o caso, porque, oh! Meu pobre velho Harry Jekyll, se alguma vez li a assinatura de Satanás em um rosto, foi certamente no rosto de seu novo amigo.

Virando a esquina da rua transversal, havia uma praça de casas antigas e vistosas, atualmente decadentes em sua grande maioria e transformadas em apartamentos e quartos destinados a homens de todo tipo e condição: gravadores de mapas, arquitetos, advogados de porta de cadeia e agentes de empresas informais. Contudo, uma casa, a segunda a partir da esquina, permanecia totalmente ocupada; e diante de sua porta, que tinha um ar majestoso de riqueza e conforto – mesmo que agora estivesse mergulhada em sombras, a não ser pela luz vinda da claraboia –, Mr. Utterson parou e bateu à porta. Um criado idoso e bem trajado abriu a porta.

– Poole, Dr. Jekyll está? – perguntou o advogado.

– Vou verificar, Mr. Utterson – disse Poole, fazendo o visitante entrar, enquanto falava, em uma ampla sala de teto rebaixado, confortável, decorada com bandeiras, aquecida pelo fogo luminoso de uma lareira (ao modo de uma casa de campo) e mobiliada com caros armários de carvalho. – Quer esperar junto à lareira, senhor? Ou prefere que eu acenda as luzes do salão de jantar?

– Esperarei aqui, obrigado! – disse o advogado, que se aproximou e se apoiou no guarda-fogo. A sala em que agora se via sozinho era a extravagância favorita de seu amigo, o médico, e o próprio Mr. Utterson, costumava dizer que era o aposento mais agradável de toda a Londres. Mas esta noite sentia arrepios no sangue; o rosto de Hyde permanecia como um peso em sua memória. Sentia náusea e desgosto pela vida (algo realmente raro nele); e, em seu sombrio

---

desafio com as bem conhecidas linhas: *"I do not love you, Dr. Fell, But why, I cannot tell, But this I know full well, I do not love you, Dr. Fell"*. [*"Não o amo, Dr. Fell, o porquê não o sei, só sei claramente que não o amo, Dr. Fell"*].

estado de ânimo, parecia ler uma ameaça na oscilação das chamas sobre os armários polidos e no inquieto movimento das sombras no teto. Sentiu-se envergonhado do próprio alívio quando Poole regressou instantes depois para lhe anunciar que Dr. Jekyll saíra.

– Vi Mr. Hyde entrar pela porta da antiga sala de dissecação, Poole – disse ele. – Isso está certo, se o Dr. Jekyll não está em casa?

– Claro que sim, Mr. Utterson – respondeu o criado. – Mr. Hyde tem uma chave.

– Seu patrão parece depositar uma grande dose de confiança nesse jovem, Poole – retomou o outro pensativamente.

– Sim, senhor, com toda a certeza – falou Poole. – Todos temos ordens de obedecer a ele.

– Acho que nunca cruzei com Mr. Hyde, cruzei? – perguntou Utterson.

– Oh! Claro que não, senhor. Ele nunca janta aqui – respondeu o mordomo. – Na realidade, nós o vemos pouco nessa parte da casa; a maior parte das vezes, ele entra e sai pelo laboratório.

– Está bem! Tenha uma boa noite, Poole.

– Boa noite, Mr. Utterson.

E o advogado tomou o caminho de casa sentindo o coração pesar: "Pobre Henry Jekyll", pensou. "Meu sexto sentido prevê que ele está em maus lençóis! Quando jovem, era um selvagem... isso já faz muito tempo; mas, na lei de Deus, não existe prazo de validade. É, tem de ser isso: o fantasma de algum antigo pecado, o câncer de alguma desgraça oculta: o castigo que chega, *pede claudo*[5], anos depois de a memória ter esquecido e de o amor de si ter perdoado a falta." E o advogado, assustado com esse pensamento, meditou por alguns instantes sobre seu próprio passado, tateando em todos os recantos da memória, temendo que, inesperadamente, a figura grotesca de alguma antiga

---

5 Do latim, "Com pé coxo", "mancando".

iniquidade viesse repentinamente à luz. Seu passado era sinceramente irrepreensível; poucos homens podiam ler a crônica da própria vida com menos temor; mas mesmo assim ele se sentiu reduzido ao pó pelas muitas coisas más que cometera, e voltou a elevar-se a um estado de sóbria e temerosa gratidão pelas tantas que estivera a ponto de cometer e conseguira evitar. Depois disso, voltou a seu antigo tema e viu nascer em si uma fagulha de esperança. "Se esse senhor Hyde fosse analisado...", pensou, "ele certamente tem segredos próprios, segredos obscuros, como seu aspecto o indica; segredos comparados aos quais os piores segredos do pobre Jekyll teriam o brilho da luz do sol. As coisas não podem continuar como estão. Sinto arrepios só de pensar nessa criatura rondando, como um ladrão, a beira da cama de Henry. Pobre Henry! Que despertar! Sem pensar no perigo disso tudo, porque se esse Hyde suspeitar da existência do testamento, pode ficar impaciente para se tornar o herdeiro. É... Tenho de ajudar a resolver essa encrenca, se Jekyll deixar", e acrescentou, "Tomara que Jekyll me deixe ajudar."

E, mais uma vez, viu em sua mente, tão claras como através de um cristal, as estranhas cláusulas do testamento.

Dr. Jekyll estava bem à vontade

Por sorte, quinze dias depois, Dr. Jekyll promoveu um de seus agradáveis jantares para cinco ou seis velhos amigos íntimos, todos homens inteligentes e respeitáveis e todos conhecedores de bons vinhos. Mr. Utterson deu um jeito de ficar para trás depois que os demais se foram. Isso não era novidade, era algo que ocorrera muitas outras vezes. Onde se gostava de Utterson, se gostava muito. Os anfitriões adoravam partilhar pormenores com o reservado advogado quando os frívolos e os fofoqueiros já haviam dado no pé; eles gostavam de se sentar por alguns instantes em sua discreta companhia, falando para o nada, aliviando a mente no rico silêncio do homem depois do dispêndio e do esforço de alegria. Dr. Jekyll não era uma exceção a essa regra; e agora lá estava ele – um homem de cinquenta anos, alto, de boa compleição e rosto amável, talvez com certo toque de malícia, mas com todos os sinais de capacidade e bondade – sentado no extremo oposto da chaminé. Podia-se ver em seu rosto que sentia por Mr. Utterson um afeto vivo e sincero.

– Eu estava querendo lhe falar, Jekyll – começou Mr. Utterson. – Sabe o seu testamento?

Um observador atento poderia ter percebido que aquele tema não o agradava, mas o médico tentou demonstrar bom humor.

– Meu pobre Utterson – disse –, você não teve sorte com este cliente aqui. Nunca vi um homem tão estressado quanto você por causa de meu testamento, além do pedante dissimulado do Lanyon, diante do que ele chama de minhas heresias científicas. Sei que ele é um bom companheiro, você não precisa ficar incomodado; um excelente camarada, e sempre pensei em encontrá-lo mais vezes, mas, apesar de tudo, é um conservador dissimulado em tudo o mais. Um ignorante pedante, claramente. Ninguém nunca me desiludiu mais do que Lanyon.

– Você sabe que nunca o aprovei – continuou Utterson, afastando-se rudemente do novo assunto.

– Meu testamento? Claro, eu sei disso – respondeu o médico com uma ponta de rispidez. – Você já me disse isso.

– Bom! E lhe digo outra vez – continuou o advogado. – Fiquei sabendo de algumas coisas sobre o jovem Hyde.

O belo e compreensivo rosto do Dr. Jekyll empalideceu até os lábios e uma sombra escura tomou seus olhos.

– Não quero ouvir nem mais uma palavra – falou ele. – Achava que esse era um assunto que tínhamos decidido encerrar.

– Fiquei sabendo de coisas execráveis – continuou Utterson.

– Isso não muda nada. Você não entende minha posição – respondeu o médico, em tom de contradição. – Encontro-me em uma situação dolorosa, Utterson, minha posição é muito estranha... realmente muito estranha. Essa é uma dessas questões que não se podem corrigir com conversa.

– Jekyll – pediu Utterson –, você me conhece muito bem, sou um homem no qual se pode confiar. Revele-me tudo, tenha confiança. Manterei o segredo e, esteja certo, tudo farei para livrá-lo disso.

– Meu bom Utterson – disse o médico –, é muita bondade sua, é claramente muita bondade sua e não encontro palavras para lhe agradecer por isso. Acredito plenamente em você, confiaria mais em você do que em qualquer outra pessoa na face da Terra, mais até que em mim mesmo, se eu pudesse escolher. Mas certamente não é o que você está imaginando, a coisa não é tão feia assim. E para que seu bom coração possa ter alívio, lhe direi o seguinte: posso livrar-me de Mr. Hyde quando me der na telha. Dou-lhe minha palavra! E lhe agradeço mais uma vez. Acrescentarei só mais uma coisa, Utterson, que sei que você saberá aceitar. Trata-se de algo muito particular e lhe imploro que deixe esse assunto de lado.

Utterson pensou um pouco contemplando o fogo.

– Não duvido de que você tem toda a razão – falou, por fim, levantando-se.

– Está bem, mas já que você tocou no assunto, espero que pela última vez – continuou o médico –, há um ponto que eu gostaria que compreendesse: tenho realmente um grande interesse no pobre Hyde. Sei que você o viu, ele me contou, e acho até que ele foi grosseiro. Mas, sinceramente, estou muito interessado nesse jovem e se eu me for, Utterson, quero que me prometa que se encarregará dele e defenderá seus direitos. Sei que, se você soubesse de tudo, o faria; por isso, você tiraria um peso de cima de mim se prometesse.

– Não posso fingir que virei a gostar dele um dia – disse o advogado.

– Não estou lhe pedindo isso – suplicou Jekyll, tocando o braço do advogado. – Só lhe peço justiça; só lhe peço que o ajude em meu nome, quando eu já não estiver mais aqui.

Utterson soltou um suspiro que não conseguira conter e declarou:

– Está bem! Eu prometo.

O caso do assassinato de Carew

Quase um ano depois, no mês de outubro de 18..., Londres foi abalada por um crime de ferocidade ímpar, ainda mais destacado pela elevada posição da vítima. Os pormenores eram exíguos e assombrosos. Uma criada, que vivia sozinha em uma casa a pouca distância do rio, subiu para dormir por volta das onze da noite. Mesmo que, na madrugada, a névoa baixasse sobre a cidade, aquela primeira parte da noite não apresentava uma só nuvem, e a ruela para a qual dava a janela da criada estava iluminada pela luz brilhante da lua cheia. Parece que a jovem tinha inclinações românticas, porque se sentou sobre seu baú, situado exatamente sob a janela, e se entregou a uma meditação sonhadora. Nunca (era o que ela, banhada em lágrimas, costumava dizer quando narrava a experiência), nunca se sentira tão em paz com os homens, nem pensara com tamanha ternura no mundo. E enquanto estava ali sentada, percebeu um idoso cavalheiro, elegante e grisalho, que se aproximava pelo beco; avançando em sua direção, viu outro homem muito pequeno, a quem, em princípio, deu menos atenção. Quando chegaram a uma distância que lhes permitia se falarem (exatamente no campo de visão da criada), o idoso fez uma reverência e abordou o outro com toda a polidez. O motivo de sua saudação não parecia ter a mínima importância. Na realidade, por seu gesto de apontar, parecia que estivesse apenas pedindo informação sobre que direção tomar. Mas a lua iluminou seu rosto enquanto ele falava, e a moça sentiu prazer em olhar aquela face, que parecia exalar uma boa disposição de ânimo, à moda antiga, e ser, ao mesmo tempo, um pouco altiva, como a face de quem se sente bastante satisfeito consigo mesmo.

Um momento depois, seus olhos passaram para o outro, e ela se surpreendeu ao reconhecer nele um tal Mr. Hyde, que uma vez fora visitar seu patrão e de quem ela desgostara profundamente. Ele levava consigo uma pesada bengala, com a qual estivera brincando, mas não respondeu uma só palavra e parecia escutar com uma impaciência incontida. De repente, explodiu em um grande ataque de ira, golpeando o solo com o pé, brandindo a bengala e comportando-se (segundo o descreveu a criada) como um louco. O idoso cavalheiro recuou com ar de alguém muito surpreso e um pouco magoado; diante disso, Mr. Hyde se descontrolou completamente e o mandou ao chão a golpes de bengala. Logo depois, com uma fúria simiesca, esmagou sua vítima com os pés e lhe deu uma saraivada de golpes, sob os quais se ouvia o ranger dos ossos destroçados e o rebote do corpo contra a calçada. Diante do horror daquilo que via e ouvia, a moça desmaiou.

Eram duas da madrugada quando voltou a si e chamou a polícia. Já fazia tempo que o assassino se fora, mas lá estava sua vítima, no meio do beco, inacreditavelmente mutilada. A bengala com que a façanha fora executada, mesmo tendo sido confeccionada com uma madeira rara, pesada e dura, partira-se ao meio sob a força daquela crueldade sem sentido. Um pedaço da bengala quebrada rolara para a sarjeta próxima – o outro, sem dúvida, havia sido levado embora pelo assassino. Encontraram sobre a vítima uma carteira e um relógio de ouro, mas nenhum cartão ou documento, exceto um envelope lacrado e selado, que ele provavelmente estava levando ao correio, no qual se liam o nome e o endereço de Mr. Utterson.

Foram entregar o envelope ao advogado na manhã seguinte, antes mesmo de ele se levantar; e assim que o viu e soube dos fatos, fez um movimento solene com o lábio e disse:

– Nada direi até ver o cadáver. Isso deve ser muito sério.Tenham a bondade de esperar que eu me vista.

Com a mesma feição séria, apressou-se a tomar café e se dirigiu à delegacia de polícia para onde haviam levado o cadáver. Quando entrou na cela, assentiu com a cabeça dizendo:

– Sim, eu o reconheço. Sinto tristeza em dizer que esse é Sir Danvers Carew.

– Pelo bom Deus, senhor – exclamou o policial –, isso é possível?

Um momento depois, seus olhos brilharam de ambição profissional e ele disse:

– Isso vai fazer um grande estardalhaço. Talvez o senhor possa nos ajudar a descobrir quem foi.

Contou brevemente o que a criada vira e lhe mostrou a bengala quebrada.

Mr. Utterson tremera antes ao ouvir o nome de Hyde, mas, quando lhe mostraram a bengala, não teve mais dúvida: mesmo quebrada e danificada como estava, ele a reconheceu como a mesma bengala que dera de presente a Henry Jekyll muitos anos antes.

– Esse Mr. Hyde é de baixa estatura? – perguntou.

– Notavelmente baixo e de feições particularmente malignas; é assim que a criada o descreve – disse-lhe o policial.

Mr. Utterson ficou refletindo. Depois, levantou a cabeça e disse:

– Se quiserem vir comigo em meu coche, acho que posso levá-los à casa dele.

Já eram quase nove horas da manhã e a primeira névoa da estação já havia baixado. Um grande manto cor de chocolate descera do céu, mas o vento carregava e dispersava continuamente aqueles vapores incômodos, de modo que, enquanto o coche se arrastava de rua em rua, Mr. Utterson observava uma quantidade maravilhosa de graus e matizes de crepúsculo, porque ali estava tão escuro quanto no fim da tarde; e havia um marrom sombrio e brilhante como a luz de algum incêndio incomum; e ali, por uns instantes, a névoa se abria e um raio de sol indomado aparecia em meio a grinaldas trançadas. Sob essas cintilações cambiantes, o lúgubre bairro do Soho, com suas ruas lamacentas, seus transeuntes negligentes e seus postes, que nunca tinham sido apagados ou reacendidos para combater aquela pesarosa reinvasão de escuridão, parecia, aos olhos do advogado, um bairro de alguma cidade de pesadelo. Além disso, seus pensamentos iam ficando cada vez mais tenebrosos, e quando olhava de relance para seu acompanhante naquela corrida, tomava consciência desse toque de terror à lei e a seus oficiais que, às vezes, pode assaltar o mais honesto dos homens.

Quando o coche estacionou diante do endereço indicado, a névoa se levantou um pouco e lhe mostrou uma rua sombria, uma taverna, um restaurante francês barato, uma loja de quinquilharias de noventa e nove centavos e saladas por dois centavos, muitas crianças maltrapilhas amontoadas nos umbrais e muitas mulheres das mais distintas nacionalidades que passavam, de chave na mão, já a caminho de tomar seu trago matinal. Instantes depois, a névoa voltou a baixar sobre a região, tão escura quanto a sombra, isolando-o daquele ambiente vil. Aquela era a casa do amigo favorito de Henry Jekyll, de um homem que era herdeiro de mais de um milhão de libras esterlinas.

Uma senhora idosa de rosto de marfim e cabelo prateado abriu a porta. Tinha um rosto maligno, suavizado pela hipocrisia, mas seus modos eram irrepreensíveis. Sim, disse ela, era ali a casa de Mr. Hyde, mas ele não estava em casa; chegara muito tarde naquela noite, mas voltara a sair em menos de uma hora; seus hábitos eram mesmo muito irregulares e ele quase sempre estava fora; por exemplo, ontem já fazia quase dois meses que ela o vira pela última vez.

– Então, muito bem! Gostaríamos de ver o quarto dele – disse o advogado; e quando a mulher cogitou dizer que isso seria impossível, ele acrescentou: – Preciso lhe dizer logo quem é essa pessoa aqui: é o inspetor Newcomen, da Scotland Yard.

Um raio de odiosa alegria atravessou o rosto da mulher.

– Ah! Então ele está em apuros! O que é que ele fez? – disse ela.

Mr. Utterson e o inspetor trocaram olhares.

– Ele não parece ser figura muito popular – observou o inspetor.

– E agora, boa mulher, permita que esse cavalheiro e eu realizemos uma busca.

De toda a casa, que, exceto pela idosa senhora, estava vazia, Mr. Hyde usava apenas uns dois aposentos, que estavam mobiliados com sofisticação e bom gosto. Havia um armário para vinhos; a travessa era de prata, as toalhas e guardanapos, elegantes; havia um belo quadro pendurado na parede, presente (foi o que Utterson imaginou) de Henry Jekyll, que era grande conhecedor de arte, e os tapetes eram espessos e de cores agradáveis. Naquele momento, contudo, os aposentos apresentavam todos os sinais de haver sido revolvidos fazia muito pouco tempo; havia roupas jogadas no chão, com os bolsos revirados; gavetas chaveadas que estavam abertas; e na lareira havia um grande monte de cinzas, como se alguém tivesse queimado muitos papéis. O inspetor desenterrou daqueles vestígios a lombada de um talonário verde de cheques que resistira à ação do fogo. Atrás da porta, encontraram a outra metade da bengala, e como isso confirmava suas suspeitas, o policial se mostrou encantado. Sua satisfação tornou-se completa depois de uma visita ao banco, onde o assassino tinha um saldo de vários milhares de libras esterlinas.

– Pode contar com isso, senhor – disse o inspetor a Utterson –, ele está em minhas mãos. Deve ter perdido a cabeça. Caso contrário nunca teria deixado a bengala ou, especialmente, queimado o talonário. Poxa vida! O dinheiro é a vida desse cara. Só precisamos esperá-lo no banco e fazer circular panfletos com sua descrição.

Contudo, não foi tão fácil conseguir essa descrição, porque Mr. Hyde tinha poucos conhecidos. Até mesmo o patrão da criada só o vira duas vezes; não conseguiram encontrar a menor pista de sua família; ele nunca fora fotografado, e os poucos que conseguiam descrevê-lo faziam-no de maneira muito contraditória, como geralmente acontece com as testemunhas. Só em um único ponto todos concordavam; a saber, na assustadora sensação de deformidade indefinida que o fugitivo imprimia em todos os que o viam.

O incidente da carta

A tarde já ia avançada quando Mr. Utterson chegou diante da porta do Dr. Jekyll. Poole o fez entrar imediatamente e o levou à cozinha, atravessando um pátio que fora em outros tempos um jardim, até o edifício que era conhecido tanto como laboratório quanto como as salas de dissecação. O médico comprara a casa dos herdeiros de um famoso cirurgião e, como seus interesses eram mais químicos que anatômicos, mudou a finalidade do edifício do fundo do jardim. Era a primeira vez que o advogado era recebido nessa parte do refúgio de seu amigo. Ele contemplou com curiosidade a sombria estrutura sem janelas e olhou ao redor com uma desagradável sensação de estranheza, enquanto cruzava o anfiteatro, em outras épocas, cheio de estudantes ávidos, e agora sombrio e silencioso, com as mesas atopetadas de aparatos químicos, o chão recoberto de caixotes e de palha para embalagem, a luz caindo indistinta através da cúpula embaciada. No ponto mais extremo, um lance de escada levava até uma porta revestida com uma cortina vermelha, por onde, finalmente, Mr. Utterson foi admitido no gabinete do médico. Era uma sala ampla, cheia de armários de vidro e mobiliada, entre outras coisas, com um espelho móvel e uma mesa de trabalho; três janelas empoeiradas e com grades de ferro davam para o pátio. O fogo ardia na lareira e, sobre a estante da chaminé, uma lâmpada estava acesa, porque a névoa começava a ficar densa até mesmo dentro das casas. Ali, junto ao calor, Dr. Jekyll estava sentado, com a aparência de alguém mortalmente doente. Não se levantou para receber sua visita; esticou uma mão gelada e lhe deu as boas-vindas com uma voz alterada.

– Então – disse Mr. Utterson, quando Poole os deixou a sós –, você soube das notícias?

O médico estremeceu e depois falou:

– As pessoas só falavam disso na praça. Pude ouvi-las de minha sala de jantar.

– Diga-me só uma coisa – pediu o advogado –, Carew era meu cliente, mas você também é, e quero saber onde estou pisando. Você não cometeu a loucura de esconder seu parceiro, não é?

– Utterson, juro por Deus! – exclamou o médico. – Juro por Deus que não voltarei a vê-lo outra vez. Dou-lhe minha palavra de honra de que rompi com ele para todo o resto de minha vida. Está tudo acabado. Na verdade, ele nem quer minha ajuda; você não o conhece como eu. Ele está a salvo, completamente a salvo. Ouça bem o que lhe digo: nunca mais se ouvirá falar dele.

O advogado o escutou tristemente; não gostava nada da excitação febril de seu amigo.

– Você parece confiar demasiadamente nele e, para seu próprio bem, espero que esteja certo. Se o caso for a julgamento, seu nome pode ser envolvido.

– Estou completamente seguro do que digo – respondeu Jekyll. – Tenho motivos para ter essa certeza, que não posso dividir com ninguém. Mas em um ponto eu preciso de seu conselho. Eu... eu recebi uma carta e não sei se devo ou não mostrá-la à polícia. Eu gostaria de deixá-la em suas mãos, Utterson. Tenho certeza de que tomará a decisão certa, confio completamente em você.

– Você tem receio de que a carta possa levá-lo a ser preso? – perguntou o advogado.

– Não – disse o outro. – Não sei se me importa o que venha a acontecer com Hyde. Rompi completamente com ele. Penso em minha própria reputação, que ficou muito exposta com esse caso detestável.

Utterson refletiu por alguns instantes; estava surpreso com o egoísmo de seu amigo, ao mesmo tempo em que se sentia aliviado diante dele.

– Está bem – disse por fim. – Deixe-me vê-la.

A carta estava escrita em uma letra estranha, reta, e assinada por "Edward Hyde". Dizia com bastante brevidade que o benfeitor do signatário, o Dr. Jekyll, que fora tão indignamente pago por sua generosidade sem medida, não precisava temer por sua segurança, já que ele tinha meios de escapar nos quais depositava completa confiança. A carta não desagradou o advogado; lançava uma luz mais favorável sobre aquela intimidade que ele antes investigara, o que o levou a se culpar por suas suspeitas de outrora.

– Você tem o envelope? – perguntou.

– Eu o queimei – respondeu Jekyll –, sem pensar no que estava fazendo. Mas não tinha carimbo dos correios. O bilhete foi entregue em mãos.

– Posso ficar com ele e pensar com calma nisso tudo? – perguntou Utterson.

– Quero que você responda por mim em tudo – foi a resposta. – Perdi a confiança em mim mesmo.

– Está bem! Vou pensar nisso – devolveu o advogado. – E outra coisa ainda: foi Hyde quem ditou no testamento que você lavrou os termos do desaparecimento?

O médico deu a impressão de estar sendo vítima de um ataque de fraqueza; apertou os lábios com força e fez que sim.

– Eu sabia! – disse Utterson. – Ele pretendia assassiná-lo. Você teve sorte em escapar.

– Recebi algo muito mais apropriado a esse propósito – respondeu o médico em tom solene. – Recebi uma lição: oh! Deus, Utterson, que lição eu recebi! – E cobriu o rosto com as mãos por um momento.

Antes de ir embora, o advogado parou para dar uma palavrinha com Poole.

– A propósito – comentou –, hoje entregaram uma carta em mãos; qual era a fisionomia do mensageiro?

Mas Poole tinha certeza de que tudo o que chegara viera pelo correio.

– E só foram entregues malas diretas – acrescentou.

Essa notícia fez com que o visitante fosse embora com todos os seus medos renovados. Era evidente que a carta chegara pela porta do laboratório. Na verdade, era provável que tivesse sido escrita no próprio gabinete; e se fora isso o que realmente acontecera, precisava considerar tudo de outro modo e tratar o assunto com mais cautela. Enquanto seguia seu caminho, os vendedores de jornal gritavam até ficar roucos pelas calçadas: "Edição extra. Horrível assassinato de um membro do Parlamento". Aquela era a oração fúnebre por um amigo e cliente seu, e ele não pôde evitar certa apreensão de que o bom nome de outro amigo fosse tragado pelo turbilhão do escândalo. A decisão que precisava tomar era, quando menos, crítica. Mesmo sendo tão autoconfiante quanto era, começou a sentir necessidade de pedir conselho a alguém. Talvez não diretamente... talvez, pensou, pudesse jogar verde para colher maduro.

Pouco depois, estava sentado ao lado de sua lareira com Mr. Guest, o encarregado de seu escritório, no outro, e a meio caminho entre eles, a uma bem-calculada distância do fogo, uma garrafa de um vinho especialmente maduro, que ficara por muito tempo protegido da luz do sol nas fundações de sua casa. A névoa continuava adormecida voando sobre a cidade abafada, onde as lâmpadas refulgiam como granadas. Através do sufocante envoltório daquelas nuvens baixas, a procissão da vida da cidade continuava a rolar pelas grandes artérias com o som de um vento poderoso. Mas a sala estava animada pela luz da lareira. Fazia tempo que os ácidos se tinham liberado dentro da garrafa, e a cor imperial se suavizara com o tempo, assim como a cor se torna mais suntuosa nos vitrais, e a incandescência das quentes tardes de outono sobre os vinhedos das colinas estava esperando para ser liberada e dispersar as névoas de Londres. O advogado foi se acalmando sem sentir. Não havia alguém a quem ele tivesse contado mais segredos do que a Mr. Guest, e nem sempre estava seguro de ter mantido em segredo todos os assuntos que precisava manter ocultos. Guest estivera muitas vezes na casa do médico para assuntos de trabalho; conhecia Poole; era muito provável que tivesse ouvido falar da intimidade de Mr. Hyde com a casa; ele podia tirar conclusões. Sendo assim, por que não deveria também ver uma carta que poderia dissipar o mistério? Sobretudo se fosse levado em conta que Guest, grande estudioso e crítico da letra manuscrita, consideraria natural essa consulta; era parte de seu trabalho. Além do mais, o encarregado de escritório era um bom conselheiro; dificilmente leria um documento tão estranho sem fazer alguma observação e, graças a essa observação, Mr. Utterson poderia decidir que rumo tomar. Então disse:

– Que lamentável essa história de Sir Danvers.

– É mesmo, senhor. Ela levantou a opinião pública – respondeu Guest. – É óbvio que o homem que o matou estava louco.

– Eu gostaria de saber sua opinião a respeito – continuou Utterson. – Tenho aqui um documento escrito pessoalmente por ele. Peço-lhe que isso fique entre nós, porque não sei bem o que fazer com isso. Trata-se, no mínimo, de um assunto hediondo. Mas aqui está... cai bem dentro de seus interesses: o texto autógrafo de um assassino.

Os olhos de Guest se acenderam. Ele se sentou de imediato e estudou o autógrafo com excitação.

– Não, senhor – falou –, ele não está louco, mas tem uma letra muito esquisita.

– E é certamente um escritor bizarro – acrescentou o advogado.

Nesse instante, entrou o criado com um bilhete.

– É do Dr. Jekyll, senhor? – perguntou o encarregado. – Acho que reconheci a letra. É algo particular, Mr. Utterson?

– Apenas um convite para jantar. Por quê? Quer vê-lo?

– Só por um instante. Obrigado, senhor.

E o chefe de escritório pôs as duas folhas uma ao lado da outra e comparou seus conteúdos com todo o cuidado.

– Obrigado, senhor – disse por fim, devolvendo-as. – É um autógrafo muito interessante.

Houve uma pausa, durante a qual Mr. Utterson lutou contra si mesmo.

– Por que você as comparou, Guest? – perguntou de repente.

– Bom, senhor – respondeu o encarregado –, há uma semelhança muito peculiar; em muitos pontos, as duas letras são idênticas. Só a inclinação varia.

– Muito esquisito – respondeu Utterson.

– Sim! Como o senhor mesmo diz, é muito esquisito – replicou Guest.

– Eu não comentaria sobre essa carta com ninguém, você sabe! – disse o patrão.

– Claro, senhor – afirmou o encarregado. – Eu compreendo.

Mas assim que ficou a sós naquela noite, Mr. Utterson trancou o bilhete em seu cofre, onde, a partir daquele momento, ele o deixaria guardado.

"Quem haveria de imaginar!", pensou. "Henry Jekyll forjando um documento para proteger um assassino!", e o sangue gelou em suas veias.

Notável incidente com o Dr. Lanyon

O tempo foi passando. Ofereceram-se milhares de libras esterlinas como recompensa, porque a morte de Sir Danvers era considerada uma afronta pública. Mas Mr. Hyde escapou completamente do alcance da polícia; era como se ele nunca houvesse existido. Desenterraram-se muitas coisas de seu passado, todas ignominiosas: vieram à tona relatos sobre a crueldade daquele homem que era ao mesmo tempo tão insensível e violento, sobre sua vida abjeta, sobre seus estranhos cúmplices, sobre o ódio que parecia ter cercado sua carreira. Mas de seu atual paradeiro, nem rumor. Desde o momento em que deixara a casa do Soho na manhã do assassinato, ele simplesmente sumira. E, pouco a pouco, à medida que o tempo corria, Mr. Utterson começou a se recuperar do ardor de seu escândalo e a se sentir mais tranquilo consigo mesmo. A morte de Sir Danvers estava, em sua opinião, mais que compensada pelo desaparecimento de Mr. Hyde. Agora que a maligna influência fora neutralizada, uma nova vida começou para o Dr. Jekyll. Ele saiu de sua reclusão, reatou relações com seus amigos, voltou a ser outra vez seu hóspede familiar e anfitrião. Se antes era conhecido por fazer caridade, agora passara a ser não menos famoso pela religiosidade.

Estava sempre ocupado, saía muito para a rua, fazia o bem; seu rosto parecia franco e animado, como se ele sentisse a consciência interior de servir. Durante mais de dois meses, o médico esteve em paz.

No dia 8 de janeiro, Utterson jantara em casa do médico com um pequeno grupo. Lanyon também estivera presente, e o rosto do anfitrião voltou o olhar de Utterson para Lanyon como nos dias de outrora, quando aquele trio era de amigos inseparáveis. No dia 12 de janeiro e, outra vez, no dia 14, a porta não se abriu mais para o advogado.

– O doutor está trancado em seus aposentos – disse Poole –, e não recebeu ninguém.

No dia 15 de janeiro, tentou de novo e, mais uma vez, recebeu uma recusa. E porque se acostumara a ver seu amigo quase todos os dia durante os dois últimos meses, sentiu aquele retorno à solidão como um peso sobre si. Na quinta noite, recebeu Guest para jantar; na sexta noite, foi se encontrar com Dr. Lanyon.

Ao menos ali não se recusaram a deixá-lo entrar, mas, ao entrar, ficou chocado com a mudança que a fisionomia do médico sofrera. Trazia bem visível no rosto sua condenação à morte. Aquele homem corado se tornara pálido; sua carne sumira; estava visivelmente mais careca e mais envelhecido. Não foram, porém, esses indícios de uma célere decadência física que chamaram tanto a atenção do advogado, mas algo no olhar e comportamento, que parecia testemunhar algum terror profundamente enraizado na mente. Não era provável que Lanyon estivesse com medo da morte. Mesmo assim, foi disso que Utterson se viu tentado a suspeitar. Pensou: "Sim! Ele é médico, deve conhecer o próprio estado e saber que está com os dias contados. Saber isso é muito mais do que ele pode suportar". Contudo, quando Utterson comentou sua aparência doentia, foi com ar de grande firmeza que Lanyon se declarou um homem condenado.

– Tive um choque – disse ele. – E não me recuperarei dele. É questão de semanas. Bem! A vida foi generosa comigo; eu a desfrutei; sim, senhor, eu estava acostumado a desfrutá-la. Às vezes, penso que se soubéssemos de tudo, nos sentiríamos mais alegres em sair de cena.

– Jekyll também está doente – observou Utterson. – Você chegou a vê-lo?

Mas o rosto de Lanyon mudou e, tremendo, ele ergueu a mão:

– Não quero voltar a ver nem a saber do Dr. Jekyll –disse com voz alta e insegura. – Rompi qualquer relação com essa pessoa e lhe peço que me poupe de qualquer alusão a alguém que considero morto.

– Bom... – disse Mr. Utterson e, depois de uma pausa considerável, perguntou: – Posso fazer algo? Somos três velhos amigos, Lanyon, e não temos muito tempo de vida para fazer novos.

– Não há nada a fazer – respondeu Lanyon. – Pergunte a ele.

– Ele não quer me ver – falou o advogado.

– Isso não me surpreende – foi a resposta. – Algum dia, Utterson, depois que eu tiver morrido, talvez você venha a tomar conhecimento do certo e do errado dessa história. Eu nada posso lhe dizer. Entretanto, se você puder se sentar e conversar comigo sobre outras coisas, peço-lhe, pelo amor de Deus, que fique e converse. Mas se não puder pôr de lado esse assunto amaldiçoado, então lhe rogo, em nome de Deus, que vá embora, porque não posso tolerar isso.

Assim que voltou para casa, Utterson se sentou e escreveu para Jekyll, queixando-se do fato de ter sido excluído de sua casa e perguntando-lhe o motivo da infeliz ruptura com Lanyon. O dia seguinte veio com uma longa resposta, em termos muito patéticos e, por vezes, obscuramente misteriosos. O conflito com Lanyon não tinha solução. "Não culpo nosso velho amigo", escreveu Jekyll, "mas concordo com sua decisão de nunca mais nos encontrarmos. A partir de agora, pretendo levar uma vida de reclusão; ao encontrar minha porta trancada, até mesmo para você, não se surpreenda nem duvide de minha amizade. Deixe-me seguir meu próprio e sombrio caminho. Atraí sobre mim mesmo um castigo e um perigo que não posso nomear. Se eu for o maior dos pecadores, sou também o maior dos sofredores.

Nunca pensei que essa terra tivesse lugar para sofrimentos e terrores tão atrozes. Só há algo que você pode fazer, Utterson, para aliviar esse destino: respeitar meu silêncio." Utterson ficou atônito. A obscura influência de Hyde fora afastada, o médico retomara suas antigas atividades e amizades; uma semana antes, o futuro lhe sorria com todas as promessas de uma velhice tranquila e honrada; e agora, de um momento para outro, amizade, paz espiritual e todo o sentido de sua vida estavam arruinados. Tão grande e inesperada mudança indicava loucura: mas, a se levar em consideração as palavras e os gestos de Lanyon, tudo aquilo devia ter raízes muito mais profundas.

Uma semana depois, Dr. Lanyon caiu de cama e, em pouco menos de quinze dias, veio a falecer. Na noite seguinte ao funeral, que o afetara tristemente, Utterson se trancou em seu escritório e, sentado ali à luz de uma vela melancólica, puxou e pôs diante de si um envelope endereçado à mão por seu querido amigo e timbrado com seu selo: "Particular: para ser entregue apenas a J. G. Utterson. Caso ele morra antes de mim, esse envelope deve ser destruído sem que ninguém o leia". Isso tudo estava tão enfaticamente sobrescrito que o advogado sentiu medo de ver o conteúdo. Pensou: "Hoje enterrei um amigo. E se esse envelope me custar a perda de outro?".

Depois, afastou o temor, classificando-o como deslealdade, e abriu o selo. Dentro, havia outro envelope, também selado, que trazia a recomendação: "Não deve ser aberto até a morte ou desaparecimento do Dr. Henry Jekyll". Utterson não podia crer no que seus olhos estavam vendo. Sim, era desaparecimento; outra vez, como naquele testamento maluco que devolvera ao autor havia tempos, outra vez apareciam relacionados a ideia de um desaparecimento e o nome de Henry Jekyll. Mas no testamento a ideia surgira da sinistra sugestão de Hyde, posta ali com um propósito claramente evidente e horrível. Mas, escrita pela mão de Lanyon, que podia significar? Uma curiosidade imensa invadiu o curador, que esteve a ponto de desconsiderar a proibição e mergulhar de vez até o fundo daqueles mistérios, mas a honra profissional e a fé nele depositada por seu amigo morto eram para ele uma obrigação absoluta. De modo que o pacote também foi dormir no recanto mais profundo de seu cofre particular.

Entretanto, uma coisa é refrear a curiosidade. Outra, vencê-la. Desse dia em diante, não se pode duvidar de que Utterson passou a desejar a companhia de seu amigo sobrevivente com a mesma avidez. Pensava nele com afeto; mas seus pensamentos eram desassossegados e temerosos. Certamente iria procurá-lo, mas talvez se sentisse aliviado se o impedissem de entrar. Talvez desejasse de coração falar com Poole na soleira da porta, rodeado pelo ar e pelos sons da cidade aberta, em vez de ser recebido naquela casa de servidão voluntária e sentar-se e conversar com seu detento impenetrável. Poole realmente não tinha notícias muito agradáveis para lhe dar. O médico, ao que parecia, agora vivia mais isolado que nunca no consultório do laboratório, onde às vezes chegava até a dormir. Tornara-se desanimado, taciturno, não lia, parecia obcecado com algo. Utterson se acostumou tanto ao caráter invariável desses informes que foi, pouco a pouco, diminuindo a frequência de suas visitas.

O incidente da janela

Certo domingo, enquanto Mr. Utterson fazia sua costumeira caminhada com Mr. Enfield, acabaram saindo na rua transversal e, quando chegaram à frente da porta, os dois pararam para observá-la.

– Bem – disse Enfield –, finalmente aquela história se acabou. Nunca mais veremos Mr. Hyde de novo.

– Espero que não – falou Utterson. – Contei-lhe que certa vez cheguei a vê-lo e passei a partilhar de seu sentimento de repulsa?

– Uma coisa era impossível sem a outra – replicou Enfield. – E, a propósito, acho que você pensou que eu era um burro por não saber que essa é a entrada dos fundos da casa do Dr. Jekyll! Só por sua causa é que descobri.

– Ah! Você descobriu, não foi? – disse Utterson. – Neste caso, podemos entrar no pátio e dar uma olhada nas janelas. Para ser sincero, estou preocupado com o pobre Jekyll. Acho que, mesmo do lado de fora, a presença de um amigo poderia fazer bem a ele.

O pátio estava muito frio, um pouco úmido e envolto em um crepúsculo prematuro, mesmo que no céu acima de suas cabeças o sol poente ainda brilhasse. Das três janelas, a do meio estava entreaberta e, sentado junto a ela, tomando ar com um aspecto de infinita tristeza, como um prisioneiro desconsolado, Utterson viu Dr. Jekyll.

— O quê?! Jekyll! — exclamou. — Espero que esteja melhor.

— Estou muito para baixo, Utterson — respondeu o médico sombriamente —, muito para baixo. Agradeço a Deus que isso não demore muito.

— Você fica muito tempo trancado — disse o advogado. — Deveria sair para ativar a circulação, como fazemos Mr. Enfield e eu. Este é meu primo, Mr. Enfield, Dr. Jekyll.Vamos, pegue o chapéu e venha dar uma volta conosco.

— Você é tão bom — suspirou o outro. — Eu gostaria muito de poder fazê-lo; mas não, não, não, é completamente impossível, não me atrevo. Mas, Utterson, me alegro em vê-lo, é realmente um grande prazer... Até pediria a você e a Mr. Enfield que subissem, mas esse não é um lugar adequado para receber alguém.

— Então... — falou o advogado em tom amistoso — o melhor que podemos fazer é ficar aqui embaixo conversando com você de onde nós estamos.

— Era justamente o que eu estava pensando em propor — respondeu o médico com um sorriso. No entanto, nem chegou a concluir essas palavras quando o sorriso se apagou de seu rosto e se transformou em uma expressão de terror e de desespero tão abjetos que gelou o sangue dos dois cavalheiros lá embaixo, no lado de fora. Eles viram aquela expressão só por um instante, porque a janela foi imediatamente trancada. Mas aquele instante fora suficiente. Deram as costas e abandonaram o pátio sem uma só palavra. Ainda em silêncio, atravessaram a rua transversal e só quando chegaram a uma rua próxima, na qual, até mesmo aos domingos, continuava a haver algum movimento de vida, Mr. Utterson por fim se virou e encarou seu companheiro. Os dois estavam pálidos, havia horror em seus olhos.

— Que Deus nos perdoe, que Deus nos perdoe! — exclamou Mr. Utterson.

Mas Mr. Enfield só conseguiu concordar com um movimento de cabeça, com grande seriedade, e voltou a caminhar em silêncio.

A noite derradeira

Uma noite, depois do jantar, Mr. Utterson estava sentado junto à lareira, quando foi surpreendido pela visita de Poole.
– Poole! O que o traz aqui? – exclamou e, olhando para ele uma segunda vez, acrescentou: – O que o aflige? O doutor está doente?
– Mr. Utterson – disse o homem –, há algo errado.
– Sente-se e sirva-se de uma taça de vinho – pediu o advogado. – Agora se acalme e me diga claramente o que deseja.
– O senhor conhece bem os modos do doutor – respondeu Poole – e como ele se tranca. Bem, ele voltou a se confinar no consultório, e eu não estou gostando nada disso, senhor... Juro que não estou gostando nada disso. Mr. Utterson, estou com medo.
– Agora, meu bom homem – disse o advogado –, seja claro: você tem medo de quê?
– Há cerca de uma semana que estou assustado – respondeu Poole, esquivando-se da pergunta com tenacidade – e não aguento mais.
O aspecto daquele homem corroborava plenamente suas palavras. Até seu comportamento mudara para pior; e exceto pelo momento em que anunciara pela primeira vez seu terror, não voltara a

fitar os olhos do advogado. Mesmo agora estava sentado com a taça de vinho intocada apoiada em seu joelho, os olhos voltados para um canto no chão.

– Não aguento mais – repetiu.

– Vamos – disse o advogado –, vejo que você deve ter algum bom motivo, Poole. Percebo que deve haver algo muito grave. Tente me contar o que é.

– Acho que houve alguma traição – falou Poole, com voz rouca.

– Traição! – exclamou o advogado, muito assustado e, por isso, muito propenso a se irritar. – Que traição? O que você quer dizer com isso?

– Não me atrevo a dizê-lo, senhor – foi a resposta. – Mas o senhor poderia vir comigo e vê-lo com seus próprios olhos?

A resposta instantânea de Mr. Utterson foi levantar-se e pegar seu chapéu e o sobretudo. Observou com espanto o tamanho do alívio que se estampou no rosto do mordomo e, talvez não com menor espanto, que o vinho continuava intocado quando Poole o deixou sobre a mesa para segui-lo.

Era uma típica noite tempestuosa e fria de março, com uma lua pálida, que parecia estar de costas, como se o vento a tivesse coberto, com muitas nuvenzinhas flutuando na mais diáfana e suave textura. O vento dificultava a conversação e juntava o sangue no rosto. E, além disso, parecia ter varrido as ruas, que estavam estranhamente vazias de transeuntes, diante do que Mr. Utterson pensou nunca ter visto aquela parte de Londres tão deserta. Ele teria desejado que as coisas tivessem sido diferentes; nunca em sua vida estivera tão consciente de um desejo tão agudo de ver e tocar seus próximos; por mais que lutasse para afastá-lo, cada vez pesava mais em seu espírito um pressentimento esmagador de catástrofe. A praça, quando lá chegaram, estava sendo açoitada por nuvens de poeira, e as árvores delgadas do jardim debatiam-se contra o gradil. Poole, que se mantivera durante todo o tempo um ou dois passos à frente, deteve-se no meio da calçada e, apesar do tempo inclemente, tirou o chapéu e secou a testa com um lenço vermelho. Mesmo com toda a pressa com que viera, não era o suor do esforço que ele secava, mas a umidade de uma angústia estrangulante, pois tinha o rosto lívido e sua voz, quando por fim falou, soou rouca e alquebrada:

– Bem, senhor – disse –, chegamos. Queira Deus que nada de mal tenha acontecido.

– Amém, Poole – completou o advogado.

O criado bateu imediatamente, de maneira muito discreta; a porta foi entreaberta, mas continuou segura por uma corrente; e uma voz perguntou do lado de dentro:

– É você, Poole?

– Está tudo bem – disse Poole. – Abram a porta.

Quando eles entraram, o saguão estava todo aceso e ardia um fogo alto na lareira. Ao redor dela, apertavam-se todos os criados, homens e mulheres, como um rebanho de ovelhas. Ao ver Mr. Utterson, a arrumadeira desatou a gemer histericamente e a cozinheira correu para o advogado como se fosse tomá-lo em seus braços:

– Deus seja louvado! É Mr. Utterson!

– O que está havendo? O que é isso? Que fazem todos aqui? – perguntou o advogado, aborrecido. – Isso não está certo e é completamente inconveniente. O patrão de vocês não vai gostar disso.

– Todos estão com medo – explicou Poole.

Seguiu-se um silêncio vazio, sem que ninguém se manifestasse; só a arrumadeira ergueu a voz e rompeu em choro.

– Controle-se! – disse-lhe Poole, num tom feroz que denunciava seu próprio estado de nervos. E, realmente, quando a jovem levantou tão de repente o tom de seus lamentos todos se sobressaltaram e se viraram para a porta que dava para os aposentos interiores com os rostos tomados por uma espantada expectativa.

– E agora – continuou o mordomo, dirigindo-se a um ajudante – traga-me uma vela e terminemos com esse assunto de uma vez por todas.

Depois, pediu a Mr. Utterson que o seguisse e se dirigiu ao jardim interno.

– Agora, senhor – disse ele –, aproxime-se o mais silenciosamente que possa. Quero que ouça e não quero que seja ouvido. E tem mais uma coisa, senhor: se por acaso ele o convidar para entrar, não vá.

Ao ouvir essa parte inesperada, os nervos de Mr. Utterson sofreram um tranco que quase o levou a perder o equilíbrio; mas ele reuniu coragem e seguiu o mordomo até o edifício do laboratório, atravessando a sala de cirurgia, cheia de caixotes e garrafas, até o pé da escada. Uma vez ali, Poole lhe fez sinal de se afastar para um lado e escutar, enquanto ele, pondo a vela no chão e fazendo um esforço evidente para decidir, subia os degraus e batia com mão insegura na cortina vermelha da porta do consultório do doutor.

– Senhor, Mr. Utterson pede para vê-lo – avisou, enquanto voltava a fazer gestos chamativos, indicando ao advogado que prestasse atenção.

Uma voz respondeu lá de dentro:

– Diga-lhe que não estou para ninguém.

– Obrigado, senhor – disse Poole, com uma nota de triunfo na voz e, pegando a vela, conduziu Mr. Utterson de volta através do pátio até a ampla cozinha, onde o fogo estava apagado e os insetos pululavam pelo solo.

– Senhor – falou ele, fitando Mr. Utterson nos olhos –, aquela era a voz de meu patrão?

– Parece muito mudada – respondeu o advogado, muito pálido, mas encarando-o.

– Mudada? Bem, é o que eu acho – disse o mordomo. – Passei vinte anos nesta casa para me enganar com a voz dele? Não, senhor. Mataram o patrão. Ele foi morto há oito dias, quando o ouvimos gritar muito alto o nome de Deus. E quem está lá dentro no lugar dele, e por que fica lá, é uma coisa que brada aos céus, Mr. Utterson!

– Essa é uma história muito estranha, Poole. Uma história de terror, bom homem – disse Mr. Utterson, mordendo o dedo. – Supondo que tenha acontecido aquilo que você sugere, supondo que Dr. Jekyll tenha sido... bem, assassinado, que razões teria o assassino para ficar aqui? Isso não faz sentido, Poole, não tem lógica alguma.

– Bom, Mr. Utterson, o senhor é um homem difícil de convencer, mas vou convencê-lo – afirmou Poole. – Durante esta última semana (o senhor tem de saber), ele, ou isso, ou o que seja que viva naquele consultório, vem gritando noite e dia por algum tipo de remédio sem consegui-lo. Era costume dele, do doutor, quero dizer, escrever suas ordens em uma folha de papel e jogá-la na escada. Nessa última semana, não tivemos outra coisa: papéis e uma porta trancada. Até as refeições, nós as deixamos lá para serem pegas disfarçadamente, quando ninguém estivesse vendo. Bem, senhor, todos os dias, sim, e às vezes duas ou três vezes num mesmo dia, havia receitas e queixas; eu mesmo fui enviado a percorrer todos os laboratórios químicos da cidade. Cada vez que eu voltava com o material, encontrava outro papel dizendo-me para devolver o remédio porque não era puro, e outro pedido, para um laboratório diferente. Seja lá para o que for, senhor, a substância é necessária e com a maior urgência.

– Você tem algum desses papéis? – perguntou Mr. Utterson.

Poole apalpou o bolso e sacou um memorando amarrotado, que o advogado, inclinando-se para mais perto da vela, examinou cuidadosamente. Ele dizia o seguinte: "Dr. Jekyll apresenta seus cumprimentos aos senhores Maw. Assegura-lhes que sua última amostra é impura e inteiramente inadequada a seu objetivo atual. No ano 18..., Dr. J. comprou uma quantidade bastante considerável do Sr. M. Agora lhes solicita que procurem com o mais escrupuloso cuidado e, no caso de ainda terem uma de igual qualidade, enviem-na imediatamente. O preço não é problema. A importância que isso tem para o Dr. J. dificilmente pode ser supervalorizada". Até esse ponto, a carta estava muito bem redigida, mas, a partir dali, com uma inesperada explosão da caneta, a emoção do escritor se desatava: "Pelo amor de Deus, consigam-me um pouco da antiga", acrescentava.

– É um bilhete estranho – disse Mr. Utterson, e acrescentou rispidamente: – Por que você o abriu?

– O empregado da Maw ficou muito irritado, senhor, e o jogou de volta como se fosse lixo – respondeu Poole.

– Mas esta é, sem a menor dúvida, a letra do doutor, você não acha? – perguntou o advogado.

– Eu também pensava que era parecida – disse o criado incomodado, e acrescentou, com outro tom de voz: – Mas o que importa a letra? Eu o vi!

– Você o viu? – repetiu Mr. Utterson. – Claramente?

– Claramente! – disse Poole. – Aconteceu assim: entrei bruscamente na sala de cirurgia, vindo do jardim. Aparentemente, ele teria vindo para fora em busca desse remédio ou de alguma outra coisa, porque a porta do gabinete estava aberta, e ali estava ele, no ponto mais afastado da sala procurando entre os engradados. Olhou para cima quando cheguei, soltou uma espécie de grito e correu escada acima para o consultório. Eu o vi apenas por instantes, mas meus cabelos se arrepiaram como um ouriço. Senhor, se aquele era meu patrão, por que usava uma máscara para esconder o rosto? Se aquilo era meu patrão, por que chiou como um rato e fugiu de mim? Eu o servi durante tanto tempo. E depois... – Parou de falar e passou a mão no rosto.

– Todas essas circunstâncias são muito estranhas – disse Mr. Utterson –, mas acho que estou começando a ver as coisas com clareza. Está claro que seu patrão, Poole, foi atacado por uma dessas doenças que, ao mesmo tempo, torturam e deformam o sofredor; daí vem, é o que deduzo, a deformação da voz; daí também a máscara e o motivo de ele se esconder de seus amigos; daí sua ansiedade em encontrar esse remédio, por meio do qual o pobre conserva alguma esperança de se curar no último instante... Queira Deus que ele não esteja enganado! Essa é minha explicação. É muito triste, Poole; sim, é difícil de enfrentar. Mas é simples e natural, encaixa-se perfeitamente nos dados que temos e nos livra de ficar exageradamente assustados.

– Senhor – disse o mordomo, voltando a uma espécie de palidez manchada –, aquela coisa não era meu patrão, essa é a verdade. Meu patrão... – nesse momento, ele olhou em volta e começou a sussurrar – é alto e tem boa postura, e aquilo se parecia com um anão.

Utterson tentou replicar.

– Ah, senhor! – exclamou Poole. – O senhor acha que, depois de vinte anos, não conheço meu próprio patrão? Acha que não sei a que altura chega sua cabeça na porta do consultório, onde o vi todas as manhãs de minha vida? Não senhor, essa coisa de máscara nunca foi o Dr. Jekyll... Só Deus sabe o que era, mas jamais Dr. Jekyll. Jamais! E acredito, com todas as minhas forças, que ali se cometeu um assassinato.

– Poole – respondeu o advogado –, se você afirma isso, meu dever será esclarecer tudo. Por mais que eu deseje poupar os sentimentos de seu patrão, por mais que esse bilhete me intrigue ao parecer demonstrar que ele continua vivo, acho que é meu dever arrombar essa porta.

– Ah! Mr. Utterson, é assim que se fala! – exclamou o mordomo.

– E agora vem a segunda pergunta – disse Utterson: – Quem vai arrombá-la?

– Como quem? O senhor e eu – respondeu destemidamente.

– Muito bem! – retomou o advogado. – E aconteça o que acontecer, garanto que você não será responsabilizado por nada.

– Temos um machado no anfiteatro – continuou Poole. – O senhor poderia levar o atiçador de fogo consigo.

O advogado pegou aquele instrumento rústico e pesado e examinou seu peso.

– Você sabe, Poole – disse, levantando o olhar –, que você e eu estamos nos metendo em uma situação bastante perigosa?

– O senhor é quem pode dizer, sem dúvida – respondeu o mordomo.

– Então, é melhor sermos completamente francos – continuou o outro. – Nós dois pensamos mais do que dissemos. Vamos ser claros um com o outro. Você reconheceu a figura mascarada que viu?

– Bom, senhor, foi tudo muito rápido, e a criatura estava tão encurvada que eu dificilmente poderia jurar – replicou. – Mas se o senhor quer saber se era de Mr. Hyde, pois bem, sim, acho que era! Veja: era mais ou menos do mesmo tamanho e tinha a mesma agilidade que ele. Além do mais, que outra pessoa podia entrar pela porta do laboratório? E o senhor não pode esquecer que na época do assassinato ele ainda tinha a chave consigo. E isso não é tudo. Não sei se o senhor, Mr. Utterson, viu alguma vez Mr. Hyde.

– Sim – disse o advogado. – Falei uma vez com ele.

– Então o senhor deve saber, tão bem quanto nós, que havia algo de muito esquisito nesse cavalheiro… algo que provocava em quem o via uma espécie de… não sei exatamente a palavra, senhor, mas toda pessoa sentia uma espécie de frio e de fraqueza na medula dos ossos.

– Reconheço que senti algo parecido com o que você descreve – concordou Mr. Utterson.

– Pois, então, senhor – falou Poole. – Bom, quando essa coisa mascarada parecida com um macaco saltou do meio dos produtos químicos e escapou para dentro do consultório, esse frio desceu pela minha espinha como gelo. Sei bem que isso não é uma prova, Mr. Utterson, li o suficiente para saber disso. Mas cada qual tem seus pressentimentos, e eu juro com a mão sobre a Bíblia que aquilo era Mr. Hyde!

– Ai, ai – disse o advogado. – Meus temores vão nessa mesma linha. O mal, eu receio, estava na base dessa relação e dela só o mal podia resultar. Infelizmente é verdade, eu acredito em você; acredito que assassinaram o pobre Harry e acredito também que seu assassino (só Deus sabe com que propósito) ainda está à espreita no quarto de sua vítima. Bem! Que nosso nome seja "vingança". Chame Bradshaw.

O empregado veio em seguida, muito pálido e nervoso.

– Controle-se, Bradshaw! – disse o advogado. – Sei que esse suspense está perturbando a todos, mas nossa intenção agora é dar-lhe um fim. Poole e eu vamos forçar nossa entrada no consultório. Se tudo sair bem, meus ombros são bastante largos para que eu possa assumir toda a responsabilidade. Entretanto, se algo sair errado, ou se algum malfeitor tentar se evadir pelos fundos, você e o criado darão a volta pela esquina com um bom par de porretes e montarão guarda diante da porta do laboratório. Vocês têm dez minutos para se posicionar em seus lugares.

Quando Bradshaw se foi, o advogado olhou para o relógio.

– E agora, Poole, vamos fazer nossa parte – falou. Pôs o atiçador debaixo do braço e tomou o caminho do pátio. As nuvens tinham se amontoado sobre a lua, tudo estava muito escuro. O vento soprava em lufadas e rajadas sobre aquele edifício que se assemelhava a um poço profundo, agitava a luz da vela de um lado para outro sobre seus passos, até que chegaram ao abrigo do anfiteatro, onde ficaram sentados em silêncio, esperando. Em volta, Londres zunia e, mais perto, a quietude só era interrompida pelo barulho de uns passos que iam de um lado para outro no assoalho do consultório.

– Isso fica o dia inteiro andando assim, de um lado para outro, e boa parte da noite – sussurrou Poole. – Ele só para quando chega uma nova amostra do laboratório químico. Ah! Só pode ser culpada a má consciência que não deixa o inimigo descansar! Senhor, há sangue derramado pela traição em cada um de seus passos! Mas escute outra vez, um pouco mais de perto... Ponha o coração nos ouvidos, Mr. Utterson, e me diga: é esse o passo do doutor?

Os passos eram leves e estranhos, movidos com certo ritmo, mesmo movendo-se lentamente. Com toda a certeza eram muito diferentes do pesado passo ruidoso de Henry Jekyll. Utterson suspirou.

– Nunca acontece algo além disso? – perguntou. Poole fez que sim.

– Uma vez – disse –, uma vez o ouvi chorar!

– Chorar? Como assim? – questionou o advogado, consciente de um repentino estremecimento de horror.

– Chorava como uma mulher ou como uma alma penada – respondeu o mordomo. – Afastei-me com um aperto no coração, afastei-me para não chorar também.

E os dez minutos chegaram ao fim. Poole desenterrou o machado que estava coberto por um monte de palha; a vela estava posta na mesa mais próxima para iluminá-los durante o ataque; e eles se aproximaram, prendendo a respiração, do lugar onde aqueles passos pacientes continuavam indo e vindo, indo e vindo, na quietude da noite.

– Jekyll – gritou Utterson com uma voz forte –, exijo vê-lo.

Fez uma pausa de alguns instantes, mas não houve resposta.

– Aviso-o já de que temos graves suspeitas e eu devo e irei vê-lo – concluiu ele –, e se não for com seu consentimento, será pela força bruta.

– Utterson, pelo amor de Deus, tenha misericórdia – disse a voz.

– Essa não é a voz de Jekyll... é a de Hyde! – exclamou Utterson.

– Vamos arrombar a porta, Poole.

Poole girou o machado por cima do ombro; o golpe fez o edifício estremecer, e a porta, protegida por uma cortina vermelha, pulou na fechadura e nas dobradiças. Um grito sinistro, como o de um animal tomado pelo terror, ressoou no consultório. O machado voltou a subir uma vez, outra vez, fazendo rangerem a folha e o marco da porta. O golpe se repetiu quatro vezes, mas a madeira era resistente, e as ferragens, de excelente qualidade. Por isso, só no quinto golpe a fechadura cedeu e a porta caiu para dentro sobre o carpete, aos pedaços.

Os invasores, amedrontados com seu próprio tumulto e com a quietude que se seguiu, retrocederam um pouco e depois entraram. Diante de seus olhos, estava o gabinete à luz de uma lamparina; um bom fogo brilhava e crepitava na lareira, a chaleira cantava sua cantiga mansa; havia uma ou duas gavetas abertas, papéis bem arrumados sobre a mesa de trabalho e, mais perto do fogo, tudo pronto para o chá. Parecia o quarto mais sossegado naquela noite em Londres e, a não ser pelos armários de vidro cheios de produtos químicos, também o lugar mais normal.

Ali, bem no centro, jazia o corpo de um homem violentamente contorcido, ainda em convulsão. Aproximaram-se na ponta dos pés, viraram-no de frente e deram com o rosto de Edward Hyde. Estava vestido com roupas muito grandes para ele, roupas que serviam para a corpulência do doutor; seu rosto ainda se mexia, dando a impressão de que continuava vivo, mas a vida já se esvaíra e, pelo frasco quebrado que tinha na mão e pelo forte odor de amêndoas que se sentia no ar, Utterson compreendeu que estava olhando para o corpo de um suicida.

– Chegamos tarde demais – disse com gravidade –, tanto para salvar como para punir. Hyde já se foi para prestar conta de seus atos, só nos resta encontrar o corpo de nosso patrão.

Quase todo o edifício era ocupado pelo anfiteatro, que se estendia por toda a planta baixa, iluminado pelo teto, e pelo consultório, que formava um primeiro andar em um extremo e dava para o pátio. Um corredor unia o anfiteatro à porta que dava para a rua transversal, e o consultório tinha ligação direta com ele por um segundo lance de escadas. Além disso, havia alguns outros quartos escuros e um amplo porão. Todos foram cuidadosamente esquadrinhados. Cada quarto precisava apenas de uma olhada, porque todos estavam vazios e, pelo que se concluía do pó que caía de suas portas, todos tinham permanecido trancados a maior parte do tempo. Certamente, o porão estava atulhado de trastes imprestáveis, a maioria da época do cirurgião que antecedera Jekyll na mansão, mas, ao abrirem a porta, eles perceberam que seria inútil continuar buscando, por causa da queda de um emaranhado perfeito de teias de aranha que havia lacrado a entrada durante anos. Em canto algum se via o menor rastro de Henry Jekyll, vivo ou morto.

Poole saiu batendo os pés nas lajes do corredor.

– Tem que estar enterrado aqui! – disse, prestando atenção ao som.

– Ou pode ter fugido – disse Utterson, virando-se para examinar a porta que dava para a rua transversal. Estava trancada e, jogada perto dela, no piso, encontraram a chave, já manchada de ferrugem.

– Não parece estar em condições de uso – observou o advogado.

– Uso?! – ecoou Poole. – O senhor não está vendo que ela está quebrada? Como se a tivessem pisoteado com violência.

– Sim – continuou Utterson –, e as rachaduras também estão enferrujadas.

Os dois homens olharam um para o outro, assustados.

– Isso vai além de meu entendimento, Poole – disse o advogado.

– Voltemos ao consultório.

Subiram as escadas em silêncio e, lançando de vez em quando um olhar de temor para o cadáver, continuaram a examinar o conteúdo do consultório com todo o cuidado. Em uma mesa, havia resquícios de experimentos químicos; podiam-se ver vários montes, em medidas diversas, de uma espécie de sal branco em bandejinhas de vidro, como se estivessem dispostas para um experimento que o infeliz não conseguiu terminar.

– É a mesma substância que eu lhe trazia sempre – disse Poole, e enquanto falava, a chaleira fez o barulho próprio da fervura.

Isso os levou para junto da lareira, para perto da qual a poltrona fora confortavelmente puxada, e as coisas para o chá estavam prontas, inclusive com o açúcar na xícara, ao alcance de quem estivesse sentado ali. Havia vários livros em uma estante, um deles aberto junto ao serviço de chá. Utterson ficou admirado ao descobrir que se tratava de uma obra religiosa, pela qual Jekyll várias vezes exprimira uma grande estima, anotada, com a letra dele, com uma série de blasfêmias terríveis.

Depois, durante a inspeção que fizeram no quarto, os investigadores chegaram ao espelho giratório e viram suas profundezas com um horror involuntário. Mas ele estava virado de tal modo que só lhes mostrava o brilho róseo que brincava no teto, a chama do fogo que faiscava em cem repetições ao longo do frontão de cristal dos armários e seus próprios rostos pálidos e temerosos inclinados para olhar dentro dele.

– Esse espelho deve ter visto coisas muito estranhas, senhor – murmurou Poole.

– E seguramente nenhuma tão estranha quanto ele mesmo – ecoou o advogado no mesmo tom. – O que Jekyll fez? – Sobressaltou-se diante da palavra e depois controlou a debilidade. – Para que Jekyll o queria? – questionou.

– O senhor que o diga – disse Poole.

Depois, viraram-se para a mesa de trabalho. Na escrivaninha, em meio a papéis cuidadosamente ordenados, destacava-se um envelope grande que trazia o nome de Mr. Utterson escrito com a caligrafia do médico. O advogado o abriu e caíram no chão vários documentos. O primeiro era um testamento, redigido nos mesmos termos excêntricos daquele que Utterson lhe devolvera seis meses antes, para servir como última vontade em caso de morte e como instrumento de doação em caso de desaparecimento; mas em lugar do nome de Edward Hyde, o advogado leu com uma perplexidade indescritível o nome de Gabriel John Utterson. Olhou para Poole e, depois, de novo para o papel e, por último, para o malfeitor morto estendido no solo.

– Não consigo entender – disse. – Ele esteve todos esses dias na posse de tudo, não tinha motivo algum para simpatizar comigo; deve ter ficado louco ao se ver relegado, mas não destruiu esse documento.

Pegou outro papel: era um bilhete escrito com a letra do médico, o cabeçalho datado.

– Poole! – exclamou o advogado. – Ainda hoje ele estava aqui, vivo. Não pode ter sido descartado em tão pouco tempo, tem de estar vivo ainda, tem de ter fugido! Mas, por que fugir? Como? E, nesse caso, podemos nos arriscar a dar parte desse suicídio? Temos de ser muito cuidadosos. Prevejo que podemos envolver seu patrão em alguma catástrofe nefasta.

– Por que não o lê, senhor? – perguntou Poole.

– Porque tenho medo – respondeu o advogado solenemente. – Queira Deus que eu não tenha razões para isso! – E, dizendo isso, aproximou o papel de seus olhos e leu o seguinte:

"Meu caro Utterson,
quando isso chegar a suas mãos, terei desaparecido, sem que me seja dado prever em que circunstâncias, mas meu instinto e todas as circunstâncias de minha inominável situação me dizem que o fim é certo e deve ser prematuro. Vá e leia primeiro a narrativa que Lanyon me avisou ter deixado em suas mãos e, se quiser saber mais, volte à confissão de seu indigno e infeliz amigo,
Henry Jekyll".

– Há um terceiro documento? – perguntou Utterson.

– Aqui está, senhor – disse Poole, e passou-lhe um pacote grande lacrado em diversos pontos.

O advogado o pôs no bolso.

– Melhor não mencionar a ninguém esse documento. Se seu patrão tiver fugido ou se estiver morto, poderemos ao menos salvar seu bom nome. Agora são dez horas; vou para casa lê-los com calma. Mas voltarei antes da meia-noite, quando chamaremos a polícia.

Saíram e trancaram a porta do anfiteatro atrás de si. Utterson deixou outra vez os criados reunidos em torno da lareira no vestíbulo e retornou com dificuldade a seu escritório para ler os dois relatos que explicavam aquele mistério.

A narrativa do Dr. Lanyon

No dia 9 de janeiro, há quatro dias, portanto, recebi pelo correio vespertino um envelope registrado, endereçado pela letra de meu colega e antigo companheiro de escola, Henry Jekyll. Fiquei bastante surpreso com isso, pois não tínhamos o menor costume de nos corresponder. Eu o vira, na verdade, jantara com ele na noite anterior, e não podia imaginar em nossa relação nada que justificasse a formalidade de uma carta registrada. O conteúdo da carta aumentou minha surpresa; e ela dizia o seguinte:

"*10 de dezembro de 18...*

Caro Lanyon,
Você é um de meus mais antigos amigos; e mesmo que às vezes tenhamos divergido em questões científicas, não me lembro, ao menos de minha parte, de qualquer ruptura em nosso afeto. Se algum dia você tivesse se virado para mim e dito: 'Jekyll, minha vida, minha honra, minha sanidade dependem de você', eu sacrificaria minha fortuna ou minha mão esquerda para ajudá-lo. Lanyon, minha vida,

minha honra, minha sanidade estão todas a sua mercê; se você me faltar esta noite, estarei perdido. Você poderia supor, depois desse preâmbulo, que estou para lhe pedir algo desonroso. Julgue por si mesmo.

Preciso que você adie qualquer compromisso que tenha para esta noite... mesmo que tivesse sido chamado à cabeceira de um imperador; preciso que tome um coche, a menos que sua carruagem esteja agora em sua porta, e que com esta carta em mãos, para consultá-la em caso de dúvida, dirija-se imediatamente à minha casa. Poole, meu mordomo, já recebeu instruções. Ele estará esperando sua chegada com um serralheiro. Terão de forçar a porta de meu consultório; depois, você terá de entrar só, abrir o armário da esquerda (letra E), forçando a fechadura, se ele estiver trancado, e retirar, com todo o seu conteúdo, no estado em que esteja, a quarta gaveta de cima para baixo ou (o que dá no mesmo) a terceira de baixo para cima. Na extrema aflição de minha mente, tenho um medo mórbido de lhe dar instruções erradas, mas, mesmo que eu esteja errado, você poderá reconhecer a gaveta certa pelo que ela contém: uns pós, um frasco e um caderno. Peço-lhe que traga consigo essa gaveta de volta a Cavendish Square exatamente como está.

Essa é a primeira parte do favor. Agora a segunda: se você partir imediatamente ao receber esta carta, deve estar de volta muito antes da meia-noite, mas lhe deixarei essa margem de tempo, não só pelo receio de um desses acontecimentos que não se podem impedir nem prever, mas também porque, diante do que lhe resta fazer, é preferível que o faça na hora em que seus criados já tenham ido se recolher. À meia-noite, então, preciso lhe pedir que esteja sozinho em seu consultório para abrir pessoalmente a porta a um homem que se apresentará em meu nome, e que você lhe entregue a gaveta que terá trazido consigo de meu escritório. Então terá cumprido sua parte e terá ganhado minha gratidão completa. Cinco minutos depois, se você insistir na necessidade de uma explicação, terá compreendido que essas instruções são de importância capital e que a não observância de uma só delas, por mais inacreditáveis que possam parecer, poderá fazer com que você faça pesar em sua consciência o peso de minha morte ou a ruína de minha razão.

Mesmo tendo plena confiança de que você não negligenciará essa minha súplica, meu coração se aperta e minha mão treme só de pensar nessa possibilidade. Pense em mim agora, em um lugar estranho, esforçando-me sob o peso de uma obscuridade que nenhuma fantasia pode exagerar e, mesmo assim, bem consciente de que, se você for pontual e me servir, meus problemas se dissiparão como um conto já contado. Sirva-me, meu prezado Lanyon, e salve

Seu amigo, H. J.

P.S.: *Eu já havia selado a carta quando um novo terror atacou minha alma. É possível que o correio atrase a entrega e que esta carta só chegue a suas mãos amanhã de manhã. Nesse caso, caro Lanyon, cumpra minha incumbência no horário mais conveniente para você durante o dia e espere de novo meu mensageiro à meia-noite. Pode ser que já seja, então, tarde demais; e se essa noite transcorrer sem novidades, você terá a certeza de que não voltará a ver Henry Jekyll".*

Quando terminei de ler essa carta, fiquei convencido de que meu colega enlouquecera, mas enquanto isso não estivesse definitivamente provado, eu me sentia obrigado a fazer o que ele me pedia.

Quanto menos eu entendesse aquela miscelânea, menos poderia avaliar sua importância; e um apelo tão enternecedor quanto aquele não podia ser deixado de lado sem uma grave responsabilidade. Por isso, me levantei da mesa, tomei um coche e fui diretamente à casa de Jekyll. O mordomo me esperava; ele recebera, também por correio, uma carta registrada com instruções e imediatamente mandara chamar um serralheiro e um marceneiro. Eles chegaram enquanto ainda estávamos conversando, e fomos todos juntos à antiga sala de cirurgias do Dr. Denman, a partir de onde (como você sem dúvida sabe) se chega com mais facilidade ao consultório particular de Jekyll. A porta era muito firme, a fechadura, excelente; o marceneiro confessou que teria muita dificuldade e que faria um grande estrago se a saída fosse forçá-la, e o serralheiro raiava o desespero. Mas esse serralheiro era um homem muito habilidoso e, depois de duas horas de trabalho, a porta foi aberta. O armário estava destrancado. Retirei a gaveta e a enchi de palha e a envolvi em um pano; depois voltei com ela para Cavendish Square.

Quando cheguei aqui, fui examinar seu conteúdo. Os pós estavam bem combinados, mas não com a precisão de um químico distribuidor; o que demonstrava que tinham sido preparados pelo próprio Jekyll. Quando abri um dos invólucros, descobri que parecia ser um simples sal cristalino de cor branca. Depois, concentrei minha atenção no frasco, que parecia estar até a metade com um líquido vermelho-sangue, com um odor muito forte, e que parecia conter fósforo e algum tipo de éter volátil. Quanto aos demais ingredientes, nada pude distinguir. O caderno era do tipo mais comum e só continha uma série de datas. Abarcava um período de muitos anos, mas observei que as anotações tinham sido bruscamente interrompidas um ano atrás. De vez em quando, aparecia uma observação sumária acrescentada a uma data – na maioria das vezes, uma só palavra: "dobro" –, que talvez ocorresse uma dúzia de vezes em um total de centenas de anotações. Uma única vez, bem no princípio da lista e com vários sinais de exclamação, lia-se: "Fracasso total!!!". Tudo aquilo, apesar de despertar minha curiosidade, não me dizia nada de concreto. Eu tinha diante de mim um frasco com alguma tintura, um papel com um tipo de sal e o registro de uma série de experimentos que (como tantas pesquisas de Jekyll) não tinham chegado à conclusão ou utilidade prática alguma. Como podia a presença daqueles artigos em minha casa afetar a honra, a retidão ou a sanidade de meu excêntrico colega? Se seu mensageiro podia ir a um lugar, por que não podia ir a outro? E mesmo se houvesse algum impedimento, por que esse cavalheiro deveria ser recebido em segredo? Quanto mais eu pensava, mais convencido ficava de estar lidando com um caso de doença mental. Por isso, depois de mandar todos os meus criados se recolherem, carreguei um velho revólver para o caso de precisar me defender.

A meia-noite ainda soava sobre Londres, quando a campainha soou muito suavemente na porta. Eu mesmo fui atender e encontrei um homem pequeno agachado contra as colunas do pórtico.

– Você vem da parte do Dr. Jekyll? – perguntei.

Ele me respondeu que "sim" com um gesto retraído; e quando o fiz entrar, ele só me obedeceu depois de lançar um olhar para trás, escrutando a escuridão da praça. Não muito longe dali, passava um policial, que se aproximava com seu olho de touro[6]; tive a sensação de que, ao vê-lo, meu visitante se apressou a entrar.

Confesso que esses pormenores me impressionaram desagradavelmente, e enquanto eu o acompanhava até o consultório iluminado, mantive a mão sobre a arma. No consultório, por fim, pude vê-lo claramente. Nunca antes eu pusera os olhos nele, isso era certo. Como eu disse, ele era pequeno; além disso, fiquei impressionado com a expressão repulsiva de seu rosto, com sua notável

---

6 Um tipo de lanterna que tem uma fina lente de vidro e um centro parecido com um ponto de mira.

combinação de grande atividade muscular e uma muito aparente debilidade de constituição. Por último, o que não é menos importante, fiquei impressionado com a esquisita perturbação subjetiva provocada por sua proximidade. Estar perto dele gerava algo parecido a um calafrio incipiente, que se fazia acompanhar por uma pronunciada queda de pressão. Naquele momento, atribuí isso a uma repugnância pessoal, peculiar, e fiquei apenas surpreso com a agudeza dos sintomas; mas agora tenho razões para crer que a verdadeira causa provinha muito mais profundamente da natureza daquele homem e se articulava a algo muito mais nobre do que o mero sentimento de ódio.

Aquela pessoa (que desde o primeiro momento em que entrou provocou em mim algo que só posso descrever como uma curiosidade repulsiva) estava vestida de um modo que tornaria risível qualquer pessoa normal: suas roupas, se é que se pode falar assim, mesmo tendo sido confeccionadas com tecidos caros e sóbrios, eram demasiadamente grandes para ele sob qualquer ângulo – as calças se enrolavam nas pernas e estavam dobradas para não arrastar no chão, a cintura do paletó chegava abaixo de seu quadril, o colarinho dançava em seus ombros. E, por mais estranho que pareça ao contar, aqueles acessórios ridículos nem de longe me fizeram rir. Antes, como havia algo de anormal e de ilegítimo na própria essência da criatura que naquele momento me encarava – algo surpreendente, imprevisto e revoltante –, aquela disparidade desconhecida parecia combinar unicamente com aquilo e só a ele reforçar. Desse modo, a meu interesse pela natureza e pelo caráter daquele homem acrescentou-se uma curiosidade sobre sua origem, sua vida, sua sorte e seu lugar no mundo.

Mesmo que essas observações tenham ocupado tanto espaço para ser descritas, foram resultado de poucos segundos. Meu visitante certamente estava tomado por uma excitação sombria.

– Você pegou? – gritou ele. – Você pegou?

E era tão intensa sua impaciência que ele até me agarrou pelo braço e me sacudiu. Afastei-o, consciente, ao tocá-lo, de certa pontada de gelo no sangue.

– Ora, senhor! – disse eu. – Está esquecendo que ainda não tive o prazer de ser-lhe apresentado. Sente-se, por favor. – Dei o exemplo e me sentei em minha cadeira de sempre, imitando com a maior fidelidade possível minha costumeira atitude diante de um paciente, até onde o permitiam o avançado da hora, a natureza de minhas preocupações e o horror que o visitante me inspirava.

– Peço-lhe que me perdoe, Dr. Lanyon – respondeu com certa cortesia. – Tem razão no que diz; minha impaciência é que meteu as esporas no flanco de minha boa educação. Venho aqui a mando de seu colega, o Dr. Henry Jekyll, para tratar de um assunto de certa importância e achava que...

Fez uma pausa, levou as mãos à garganta, e pude ver que, apesar de seus modos calmos, estava lutando contra um ataque de histeria.

– ...achava que uma gaveta...

Mas aqui senti pena da expectativa em que se encontrava meu visitante e até mesmo um pouco por minha própria e crescente curiosidade.

– Ali está ela, senhor – disse-lhe, apontando para a gaveta que estava no chão atrás de uma mesa, ainda coberta pelo pano. Ele saltou sobre ela, depois parou e levou a mão ao coração. Pude ouvir seus dentes rangendo pela ação convulsiva de suas mandíbulas. Seu rosto era algo tão medonho de ver que fiquei inquieto tanto por sua vida como por sua sanidade.

– Recomponha-se – disse eu.

Ele se voltou para mim com um sorriso horrendo e, como impulsionado por uma decisão de desespero, arrancou o pano. Ao ver o que havia ali, soltou um alto soluço de alívio tão imenso que me sentei, petrificado. Um instante depois, com uma voz que já estava bastante sob controle, perguntou:

– O senhor tem um copo graduado?
Levantei-me com algum esforço e lhe dei o que me pedia.

Ele me agradeceu com um gesto sorridente, mediu algumas gotas da tintura vermelha e adicionou um dos pós. A mistura, de tom inicialmente avermelhado, começou, à medida que os cristais se dissolviam, a ficar mais brilhante, a efervescer de modo audível e a lançar pequenas nuvens de vapor. De repente e ao mesmo tempo, a ebulição cessou e o composto mudou para um púrpura escuro, que voltou a se desvanecer lentamente até alcançar um verde aquoso. Meu visitante, que observara essas metamorfoses com um olhar atento, sorriu, apoiou o copo na mesa e depois se voltou, olhando-me com ar perscrutador.

– E agora – disse ele –, vamos combinar o que falta. O senhor será sensato? Fará o que é apropriado? Permitirá que eu leve esse tubo na mão e saia de sua casa sem mais discussões? Ou a cobiça da curiosidade tomou posse do senhor? Pense bem antes de responder, porque será feito aquilo que o senhor decidir. De acordo com o que decidir, vai permanecer como era antes, nem mais rico nem mais sábio, a menos que a inclinação a servir a alguém em aflição mortal possa ser contada como um tipo de riqueza espiritual. Ou, se o senhor preferir, um novo território do conhecimento e novas avenidas para a fama e o poder se abrirão diante do senhor, aqui, nesta sala, neste instante. E sua visão será abalada por um prodígio que faria cambalear a incredulidade de Satanás.

– Cavalheiro – disse eu, fingindo uma serenidade que estava longe de sentir verdadeiramente –, o senhor fala por meio de enigmas e talvez não se admire de que eu não o ouça com uma forte impressão de credulidade. Mas, ao prestar favores inexplicáveis, fui longe demais para deter-me agora, antes de ver o final.

– Está bem – respondeu meu visitante. – Lanyon, lembre-se de seu juramento: o que acontecer a partir daqui cai sob o sigilo de sua profissão. E agora você que, durante tanto tempo, viu-se preso aos pontos de vista mais estritos e materiais, você que negou a força da medicina transcendental, você que riu de seus superiores... veja!

Levou o tubo aos lábios e bebeu de um só trago. Seguiu-se um grito; ele cambaleou, tropeçou, agarrou-se à mesa e se segurou, olhando com olhos injetados, respirando pela boca. E enquanto eu olhava, achei que uma mudança estava se produzindo. Ele pareceu inchar, o rosto ficou preto bruscamente e os traços pareciam se dissolver, alterar-se... Um instante depois, levantei-me com um salto e recuei contra a parede, com o braço erguido, como para me defender daquele prodígio, com a mente mergulhada no terror.

– Meu Deus! Meu Deus! – gritei várias vezes. Ali, diante de meus olhos, pálido e tremendo, meio desmaiado e tateando diante de si como um homem resgatado da morte, pôs-se de pé... Henry Jekyll!

Não me atrevo a escrever o que ele me contou na hora seguinte. Vi o que vi, ouvi o que ouvi, e minha alma adoeceu diante disso. E mesmo agora, quando essa visão se esfumou de meus olhos, pergunto-me se creio nela e nada posso responder. Minha vida ficou revirada até as raízes, o sono me abandonou, um terror mortal segue sentado a meu lado a toda hora do dia e da noite; sinto que tenho os dias contados, que devo morrer e que, ainda assim, morrerei na incredulidade. Quanto à depravação moral que aquele homem me desvelou, inclusive com lágrimas de arrependimento, não posso, nem sequer em memória, deter-me sobre ela sem um sobressalto de horror. Só direi uma coisa, Utterson, e isso (se você conseguir dar-lhe crédito) será mais que suficiente. A criatura que rastejou por minha casa naquela noite era, segundo a própria confissão de Jekyll, conhecida pelo nome de Hyde e perseguida em todo canto da terra pelo assassinato de Carew.

Hastie Lanyon

Declaração completa do caso por Dr. Jekyll

Nasci no ano de 18..., com uma grande fortuna, dotado, além disso, de excelentes qualidades, naturalmente inclinado para a atividade, merecedor do respeito dos mais sábios e bons entre meus companheiros e, portanto, como se pode supor, com todas as garantias de um futuro honrado e de destaque. E, na realidade, a pior de minhas faltas era certa e impaciente alegria de ânimo, que teria feito a felicidade de muitos, mas que achei difícil de conciliar com meu desejo imperioso de manter minha cabeça erguida e de ostentar diante do público um semblante mais grave que o comum. Por isso, passei a dissimular meus prazeres e, quando cheguei à idade da razão e comecei a olhar ao meu redor e a me dar conta de meus progressos e de minha posição no mundo, já estava comprometido com uma profunda duplicidade de vida. Muitos teriam se vangloriado das irregularidades de que eu era culpado, mas com base nos altos ideais que fixara diante de mim, eu as via e ocultava com uma sensação de vergonha quase mórbida. Foi antes a natureza severa de minhas aspirações, mais que qualquer degradação particular de minhas faltas, que fez de mim aquilo que eu era e, com uma fenda mais profunda do que aquela que há na maioria dos homens, separou em mim essas regiões do bem e do mal que dividem e compõem a natureza dual do homem. Nesse caso, fui levado a refletir profunda e radicalmente sobre essa dura lei da vida, que está na raiz da religião e é uma das fontes mais férteis de aflição. Mesmo sendo um grande apostador duplo, eu não era hipócrita em sentido algum; minhas duas facetas eram absolutamente sinceras. Não era mais eu mesmo quando deixava de lado todo o controle e mergulhava na vergonha, do que quando trabalhava à luz do dia, na promoção do conhecimento ou no alívio da dor e do sofrimento. E aconteceu que a direção de meus estudos científicos, que me levavam inteiramente rumo à mística e ao transcendental, reagiu e projetou uma luz intensa sobre essa consciência da guerra perene entre meus membros. Dia a dia, e a partir dos dois polos de minha inteligência, o moral e o intelectual, fui me aproximando cada vez mais dessa verdade, cuja descoberta parcial me condenara a uma ruína tão deplorável: que o homem não é autenticamente um, mas autenticamente dois. Digo dois porque o estado de meus conhecimentos não vai além desse ponto. Outros virão, outros me superarão nessa mesma linha, e me atrevo a profetizar que o homem será finalmente conhecido como uma simples comunidade de habitantes múltiplos, heterogêneos e independentes. De minha parte, devido à natureza de minha vida, avancei sem vacilar em uma direção, só em uma direção. Foi apenas na dimensão moral e em minha própria pessoa que aprendi a reconhecer a completa e primitiva dualidade do homem. Vi que, das duas naturezas que guerreavam no campo de minha consciência, mesmo que se pudesse dizer acertadamente que eu era uma das duas, era apenas porque eu era radicalmente ambas. E desde muito cedo, até mesmo antes de o curso de minhas descobertas científicas ter começado a sugerir a mais nua possibilidade de semelhante milagre, aprendi a insistir com prazer, como um doce sonho em vigília, na ideia de separar esses elementos. Eu dizia a mim mesmo: se cada um pudesse ser alojado em identidades separadas, a vida se veria livre de tudo o que é insuportável. O iníquo poderia seguir seu caminho, livre das aspirações e dos remorsos de seu gêmeo mais correto; e o justo poderia caminhar firme e seguro por seu caminho ascendente, fazendo as boas coisas nas quais encontrasse seu prazer, sem se ver exposto à vergonha e ao arrependimento pelas mãos do mal alheio. A maldição da humanidade era que aqueles dois feixes incongruentes estavam ligados – que no útero agoniado da consciência, esses gêmeos antagônicos devessem lutar continuamente. Como podiam, então, ser dissociados?

Eu havia chegado a esse ponto de minhas reflexões quando, como disse, uma luz lateral começou a brilhar sobre o assunto a partir da mesa do laboratório. Comecei a perceber mais profundamente aquilo que até então fora mencionado, a imaterialidade trêmula, a transitoriedade quase nebulosa desse – aparentemente tão sólido – corpo de que estamos revestidos. Descobri que certos agentes tinham o poder de abalar e fissurar esse invólucro carnal, assim como um vento agita as cortinas de uma tenda. Por dois bons motivos não entrarei mais profundamente nos aspectos científicos de minha confissão. Primeiro, porque cheguei a aprender que a sorte e o ônus de nossa vida estão para sempre presos aos ombros humanos, e quando se esboça a intenção de abandoná-los, eles simplesmente voltam a nós com uma pressão ainda mais desconhecida e espantosa. Segundo, porque, como meu relato infelizmente revelará, minhas descobertas ficaram incompletas. Basta dizer, então, que não só reconheci meu corpo natural como a mera aura e resplendor de alguns dos poderes que constituíram meu espírito, como também consegui compor uma substância por meio da qual esses poderes podiam ser destronados de sua supremacia e substituídos por uma segunda forma e semblante, não menos naturais para mim, porque eram a expressão e levavam a marca dos elementos mais inferiores de minha alma.

Hesitei durante muito tempo antes de testar essa teoria na prática. Tinha plena consciência de que estava arriscando minha vida, porque qualquer substância que controlasse e abalasse com tanta potência a própria fortaleza da identidade podia, com o menor erro na dose ou com a mínima impropriedade no momento da exposição, apagar completamente o tabernáculo imaterial que eu me propunha mudar. Mas, por fim, a tentação de uma descoberta tão singular e profunda foi mais poderosa do que as insinuações do temor. Havia muito tempo, eu preparara minha tintura; comprara, de uma só vez, de um laboratório químico, uma grande quantidade de um sal especial que, segundo concluíra com meus experimentos, era o último ingrediente necessário. E a altas horas de uma noite amaldiçoada, misturei os elementos e os vi ferver e fumaçar juntos no tubo, e quando a ebulição passou, em um gesto de coragem, tomei de um só trago a poção.

Senti dores lancinantes, um ranger nos ossos, uma náusea mortal e um horror espiritual que não pode ser superado nem mesmo pelo momento do nascimento ou da morte. Depois, essas agonias começaram a passar rapidamente e voltei a mim, como se tivesse saído de uma longa doença. Havia algo de estranho em minhas sensações, algo de indescritivelmente novo e, por causa dessa própria novidade, algo de incrivelmente terno. Sentia-me mais jovem, mais leve, mais fisicamente feliz e, por dentro, tinha consciência de um atrevimento inebriante, de uma torrente de imagens sensuais desordenadas que corriam como a água de um moinho em minha fantasia, uma dissolução dos limites do dever, uma liberdade de alma desconhecida, mas nada inocente. Ao primeiro sopro dessa nova vida, percebi que eu estava mais malvado, dez vezes mais malvado, vendido como um escravizado a meu demônio original. E, nesse momento, o pensamento se fixou e me deleitou como um vinho. E então estiquei as mãos, exultante pelo frescor daquelas sensações, e imediatamente tomei brusca consciência de que diminuíra de tamanho.

Naquele tempo, não havia espelho em minha sala; aquele que tenho a meu lado agora, enquanto escrevo, foi trazido depois, justamente para essas transformações. Durante esse tempo, a noite avançara para a madrugada, e a madrugada, por mais escura que fosse, já estava quase madura para conceber o dia. Aqueles que habitavam minha casa estavam mergulhados nas horas mais pesadas do sono. Alvoroçado como estava pela esperança e pelo triunfo, decidi aventurar-me sob minha nova forma até meu quarto. Cruzei o pátio, onde cheguei a pensar que as constelações me olhavam lá de cima, maravilhadas diante da primeira criatura desse tipo que sua vigilância insone lhes desvelava. Saí me esgueirando pelos corredores, um estranho em minha própria casa, e ao chegar a meu quarto, vi pela primeira vez o aspecto de Edward Hyde.

Aqui devo falar apenas teoricamente, dizendo não o que sei, mas o que suponho ser o mais provável. O lado maligno de minha natureza, para o qual eu agora transferira a eficácia aniquiladora, era menos robusto e menos desenvolvido que o lado bom que eu acabara de exilar. Uma vez mais, durante minha vida, que afinal de contas fora em seus noventa por cento uma vida de esforço, virtude e controle, essa parte má se exercitara muito menos e se desgastara em menor medida. Creio que vinha daí o motivo de Edward Hyde ser tão mais baixo, mais leve e mais jovem que Henry Jekyll. Assim como o bem brilhava nos traços de um, a maldade estava escrita de modo contundente e claro no rosto do outro. Além disso, o mal (que, estou convencido, é o lado letal do homem) deixara uma marca de deformidade e de decadência naquele corpo. Mesmo assim, quando olhei para aquele ídolo disforme no espelho, não senti repugnância, mas ímpetos de boas-vindas. Aquele também era eu. Parecia natural e humano. Aos meus olhos, ele representava uma imagem mais viva do espírito, parecia mais direto e simples que a aparência imperfeita e dividida que até então eu estava habituado a considerar como minha. E até ali, não havia dúvida de que eu tinha toda a razão. Observei que quando assumia o semblante de Edward Hyde, ninguém podia se aproximar de mim pela primeira vez sem sentir um visível estremecimento na carne. E isso, em meu entender, decorre do fato de que todos os seres humanos, como os conhecemos, são uma mistura de bem e de mal e apenas Edward Hyde, em meio a todo o gênero humano, era o puro mal.

Fiquei muito pouco tempo em frente ao espelho, visto que eu ainda tinha de tentar o segundo e decisivo experimento. Precisava ver se perdera minha identidade para além de toda redenção e tinha de fugir, antes que chegasse a luz do dia, de uma casa que deixara de ser minha. Corri para meu laboratório, preparei e bebi outra vez a taça, sofri mais uma vez as dores da dissolução e voltei a mim outra vez com o caráter, a estatura e a face de Henry Jekyll.

Naquela noite, eu chegara a uma encruzilhada fatal. Se tivesse me aproximado de minha descoberta com um espírito mais nobre, se tivesse me arriscado a fazer a experiência sob o império das aspirações generosas ou piedosas, tudo poderia ter sido diferente, e dessas agonias de morte e nascimento eu teria surgido como um anjo, não como um demônio. A substância não tinha uma ação discriminante; não era diabólica nem divina; apenas abalara as portas do cárcere de meu temperamento, e como os cativos de Filipos, o que estava lá dentro correu para fora. Naquela época, minha virtude estava adormecida; minha maldade, que a ambição mantinha desperta, estava alerta e pronta para aproveitar a ocasião e a coisa que ela projetou foi Edward Hyde. Portanto, mesmo que agora eu tivesse duas personalidades e duas aparências, uma era totalmente má e a outra continuava a ser o antigo Henry Jekyll, aquela mistura incongruente de cuja reforma e melhoria eu já desistira. Por isso o movimento fora totalmente na direção do pior.

Aliás, nessa época, eu ainda não dominara minha aversão pela aridez de uma vida de estudos. Ainda tinha momentos de ânimo alegre às vezes, e, como meus prazeres eram (para dizer o mínimo) indignos e eu não só era bem-conhecido e bem-considerado, como também me aproximava da idade madura, essa incoerência de minha vida se tornava, dia a dia, cada vez mais inadequada. Foi por isso que meu novo poder me tentou, até que caí na escravidão. Tudo o que precisava era beber da taça para, em seguida, despir-me do corpo do eminente professor e assumir, como um manto pesado, o de Edward Hyde. A ideia me fez rir, porque à época me pareceu engraçada, e fiz meus preparativos com o cuidado mais minucioso. Ocupei e mobiliei a casa no Soho, a casa onde Hyde foi rastreado pela polícia, e contratei como governanta uma criatura que eu sabia ser silenciosa e inescrupulosa. Por outro lado, avisei meus empregados de que um certo Mr. Hyde (a quem descrevi) teria liberdade e poderes plenos em minha casa na praça, e para evitar percalços fui lá fazer uma visita, para me tornar familiar, em minha segunda personalidade. Depois, redigi aquele testamento ao qual você se opôs, de modo que, se me ocorresse algo na pessoa de Dr. Jekyll, eu pudesse entrar na de Edward Hyde sem qualquer perda monetária. Desse modo, assegurado, segundo supus, em todas as frentes, comecei a tirar proveito das estranhas imunidades de minha posição.

Outrora, os homens alugavam bandidos para cometerem os crimes deles, enquanto sua própria pessoa e reputação ficavam resguardadas. Eu fui o primeiro a fazer o mesmo por meus prazeres. Fui o primeiro a poder caminhar à vista de todos com o fardo de uma respeitabilidade genial e, um instante depois, como se fosse um escolar, despir-me desses penduricalhos e pular de cabeça no mar da liberdade. Mas para mim, em meu manto impenetrável, a segurança era completa. Imagine: eu nem sequer existia! Bastava cruzar a porta de meu laboratório, dispor de um segundo ou dois para preparar a mistura e beber a dose do remédio que eu sempre mantinha pronto. E o que Edward Hyde fizera, não importa o que fosse, se desvanecia como a mancha do hálito em um espelho. Em seu lugar, tranquilamente em casa, recortado contra a chama da lâmpada da meia-noite em seu estúdio, estaria Henry Jekyll, um homem que podia se permitir rir de toda e qualquer suspeita.

Como já disse, os prazeres que me empenhei em buscar usando meu disfarce eram indignos: eu não poderia usar termo mais duro.

Mas, nas mãos de Edward Hyde, eles logo começaram a se transformar em algo monstruoso. Quando eu voltava dessas excursões, frequentemente mergulhava em uma espécie de maravilhamento em face de minha depravação substitutiva. Esse familiar que eu fazia surgir de minha própria alma e que enviava sozinho em busca de conseguir seu próprio prazer era um ser inerentemente maligno e infame. Até o último de seus atos e pensamentos centrava-se no eu, ele sorvia o prazer com avidez bestial, passando de um grau de tortura a outro, implacável como um homem de pedra. Às vezes, Henry Jekyll se assustava com os atos de Edward Hyde, mas a situação estava para além das leis normais e relaxava insidiosamente as rédeas da consciência. Além do mais, era Hyde, Hyde só, o culpado. Jekyll não piorara. Voltava a despertar para suas boas qualidades, que, ao que tudo indicava, seguiam intactas; ele até se empenhava, até onde fosse possível, em desfazer o mal causado por Hyde. E desse modo sua consciência ia se anestesiando.

Não pretendo entrar nos pormenores da infâmia com que, dessa forma, fui sendo conivente (digo isso porque, até agora, mal consigo admitir que a cometi). Quero apenas indicar as advertências e os passos subsequentes por meio dos quais meu castigo se aproximou. Deparei um acidente que, por não ter provocado consequências, apenas mencionarei. Um ato de crueldade com uma menina despertou contra mim a ira de um transeunte, a quem reconheci outro dia na pessoa de um parente seu; o médico e a família da menina uniram-se a ele; houve momentos em que temi por minha vida e, no fim, para pacificar seu tão justo ressentimento, Edward Hyde teve de levá-los até a porta e pagá-los com um cheque assinado com o nome de Henry Jekyll. Mas esse perigo foi facilmente eliminado do horizonte com a abertura de uma conta em outro banco em nome do próprio Edward Hyde, e quando desenvolvi para meu duplo uma assinatura com minha própria letra inclinada para trás, acreditei estar fora do alcance do destino.

Cerca de dois meses antes do assassinato de Sir Danvers, eu havia saído para uma de minhas aventuras, tinha voltado muito tarde e despertei no dia seguinte em minha cama com umas sensações um tanto estranhas. Foi em vão que olhei em volta; em vão vi os móveis elegantes e o alto pé direito de meu quarto na praça; em vão reconheci o padrão das cortinas e o desenho de mogno da estrutura da cama: algo insistia em me dizer que eu não estava onde estava, que eu não tinha acordado onde parecia estar, e sim no quartinho do Soho, onde estava acostumado a dormir no corpo de Edward Hyde. Sorri de mim mesmo e, em meu modo psicologizante, comecei a me perguntar preguiçosamente pelos elementos daquela ilusão, voltando de vez em quando a cochilar em uma agradável sonolência matutina. E seguia assim quando, em um de meus momentos mais lúcidos, meu olho recaiu sobre minha mão. Ora, a mão de Henry Jekyll (como você sempre observou) era profissional em forma e tamanho: era grande, firme, branca e atraente. Mas a mão que eu estava vendo com toda a clareza, sob a luz amarela de uma manhã do centro de Londres, pousando meio fechada sobre as roupas de cama, era esquálida, sulcada de veias, cheia de nós, de uma palidez triste e densamente obscurecida por tufos de pelos. Era a mão de Edward Hyde.

Devo ter ficado olhando para ela por uns trinta segundos, afundado naquilo que era a mera estupidez do assombro, antes que o terror despertasse em meu peito, tão brusco e alarmante quanto o estrondo de sinos. Saltei de minha cama e corri para o espelho. Diante do que meus olhos viram, meu sangue se transformou em algo estranhamente diluído e gelado. Sim! Eu tinha ido me deitar como Henry Jekyll e acordado como Edward Hyde. Como explicar isso?, perguntei a mim mesmo. E depois, com outro pulo de horror: como resolver isso? A manhã já ia bem avançada, os empregados já estavam de pé, os meus remédios estavam todos no laboratório. Do lugar onde me encontrava paralisado pelo horror, um longo trajeto: dois lances de escada, a passagem dos fundos, atravessando o pátio aberto e o anfiteatro de anatomia. Eu podia cobrir meu rosto, mas de que valeria isso se eu não podia disfarçar a alteração de minha altura? Foi então que, com uma doçura avassaladora de alívio, lembrei que os empregados já estavam acostumados com as idas e vindas de meu segundo eu. Em seguida, me vesti rapidamente com as roupas de meu próprio tamanho, atravessei apressadamente a casa, onde Bradshaw me encarou fixamente e recuou ao ver Mr. Hyde àquela hora e tão esquisito naquelas roupas. Dez minutos depois, Dr. Jekyll voltara a sua forma e estava sentado com um semblante sombrio, fingindo tomar café da manhã.

Eu tinha pouca fome. Aquele incidente inexplicável, aquela inversão de minha experiência anterior pareciam, a exemplo do dedo babilônio que escrevia na parede, desde Babilônia, soletrar as letras de meu julgamento. E comecei a refletir mais seriamente que nunca sobre as questões e possibilidades de minha dupla existência. A parte de mim que eu tinha o poder de projetar vinha ultimamente sendo exercitada e alimentada; eu tinha a impressão de que o corpo de Edward Hyde vinha aumentando de tamanho, como se (quando eu assumia aquela forma) eu tivesse consciência de um fluxo de sangue mais generoso. E comecei a perceber o perigo de que, se aquilo se prolongasse muito, o equilíbrio de minha natureza pudesse se romper por completo, o poder da mudança voluntária poderia se perder e o caráter de Edward Hyde transformar-se irrevogavelmente no meu. O poder da substância não agiu sempre do mesmo modo. Uma vez, no princípio de minha carreira, falhou completamente; desde então eu me vira obrigado, em mais de uma ocasião, a dobrar a dose e, uma vez, com infinito risco de morte, a triplicá-la; aquelas raras incertezas tinham lançado a única sombra sobre meu contentamento. Agora, contudo, e à luz do acidente da manhã de hoje, fui levado a reconhecer que se, em princípio, a dificuldade era lançar fora o corpo de Jekyll, nos últimos tempos, pouco a pouco, mas cada vez mais decididamente, ela se inverteu. Tudo parecia indicar que eu estava, pouco a pouco, perdendo o domínio de meu ser original e melhor e vendo-me lentamente incorporado ao segundo e pior.

Eu sentia que se tratava de escolher entre eles dois. Minhas duas naturezas tinham uma memória em comum, mas todas as outras faculdades eram desigualmente divididas entre elas. Jekyll (que era uma mistura), ora com as apreensões mais sensíveis, ora com um apetite glutão, projetava e compartilhava os prazeres e aventuras de Hyde; mas Hyde era indiferente a Jekyll, só se lembrava dele como o bandoleiro da montanha se lembra da caverna onde se esconde quando se vê perseguido. Jekyll tinha mais que um interesse paterno. Hyde tinha mais que a indiferença de um filho. Apostar toda a minha sorte em Jekyll era morrer para os apetites aos quais me entregava fazia tanto tempo em segredo e que ultimamente começara a nutrir. Jogar completamente tudo em Hyde era morrer para milhares de interesses e aspirações e me transformar, de uma só vez e para sempre, em alguém desprezível e sem amigos. O acordo podia parecer desigual, mas havia ainda outro aspecto a levar em consideração: porque enquanto Jekyll sofreria ardendo na fogueira da abstinência, Hyde nem sequer teria consciência de tudo o que teria perdido. Por mais estranha que fosse a minha situação, os termos desse debate são tão antigos e comuns quanto o homem. Persuasões e temores muito semelhantes jogam os dados para qualquer pecador tentado e amedrontado, e comigo aconteceu o que acontece com a vasta maioria de meus semelhantes: elegi a melhor parte e falhei por não ter a força necessária para me manter nela.

Sim, preferi o médico maduro e insatisfeito, rodeado de amigos e alimentando esperanças honestas, e me despedi, decidido, da liberdade, da juventude relativa, do passo ágil, dos impulsos arrebatadores e dos prazeres secretos que desfrutara sob o disfarce de Hyde. Talvez eu tenha tomado essa decisão com certa reserva inconsciente, porque não desmontei a casa do Soho, nem destruí as roupas de Edward Hyde, que continuam prontas para ser usadas em meu consultório.

Contudo, durante dois meses, fui fiel a minha determinação; durante dois meses, levei uma vida tão austera que não me recordo de ter conseguido viver antes e desfrutei as compensações de uma consciência aprovadora. Mas, por fim, o tempo começou a apagar a vivacidade de meus temores, os louvores da consciência começaram a virar um ato rotineiro, comecei a ser torturado por novas agonias e dores, como se Hyde lutasse por liberdade. Finalmente, em um momento de fraqueza moral, voltei a fabricar e a beber a poção transformadora.

Não suponho que quando um bêbado reflete consigo mesmo sobre seu vício, ele se veja afetado, nenhuma vez em quinhentas, pelos perigos que lhe podem acarretar sua bruta insensibilidade física. Eu também, por mais que tivesse refletido sobre minha posição, não levei em conta a total insensibilidade moral e a insensata inclinação para o mal que eram as principais características de Edward Hyde. Todavia, foi por meio delas que me vi castigado. Meu demônio estivera enjaulado por muito tempo e saiu rugindo. Tive consciência, inclusive, quando tomei a poção, de uma inclinação para o mal mais fora de controle, mais furiosa. Deve ter sido isso, suponho, que agitou minha alma com a tempestade de impaciência com que escutei as cortesias de minha vítima infeliz. Pelo menos, declaro diante de Deus que nenhum homem moralmente sensato poderia tornar-se culpado de semelhante crime por uma provocação tão infeliz e que o golpeei com um espírito não mais razoável do que o de um menino doentio que quebra um brinquedo. Mas eu me despojara voluntariamente de todos aqueles instintos equilibradores que permitem até mesmo ao pior dentre nós seguir caminhando com certo grau de firmeza entre as tentações. Em meu caso, ser tentado, por menos que fosse, era cair.

O espírito do inferno imediatamente despertou em mim e rugiu. Arrebatado pela alegria, comecei a espancar o corpo indefeso, saboreando o deleite de cada golpe e foi só quando o cansaço começou a se impor, no ponto máximo de meu delírio, que meu coração foi atravessado por um gélido estremecimento de terror. A névoa se dispersou; vi que minha vida estava perdida e fugi da cena daqueles excessos, ao mesmo tempo radiante e trêmulo, com minha avidez de maldade gratificada e estimulada, com meu amor pela vida levado a seu ponto máximo. Corri para a casa no Soho e (para me sentir duplamente seguro) destruí todos os meus papéis. Depois, parti pelas ruas iluminadas, no mesmo êxtase mental discrepante, vangloriando-me de meu crime, imaginando, inconsequente, outros tantos para o futuro e, mesmo assim, apressando-me e apurando o ouvido em minha espreita, para ver se ouvia os passos do vingador. Enquanto preparava a poção, Hyde tinha uma canção nos lábios e, enquanto a bebia, brindou ao homem morto. As ânsias da transformação ainda não o tinham rasgado e Henry Jekyll, em uma torrente de lágrimas de gratidão e de remorso, caiu de joelhos e levantou suas mãos postas para Deus. O véu da autoindulgência rasgou-se de alto abaixo. Vi minha vida com um todo: eu a percorri desde meus dias de infância, quando aprendi a andar levado pela mão de meu pai, e através da abnegada labuta de minha vida profissional, para chegar, de novo, mais uma vez, com o mesmo sentimento de irrealidade, aos obstinados horrores daquela noite. Poderia ter gritado: busquei aplacar com orações e lágrimas a multidão de imagens e sons terríveis com que a memória me atropelava. E mesmo assim, em meio às súplicas, a face hedionda de minha iniquidade olhava fixamente para minha alma. Quando a agudeza desse remorso começou a se apagar, fui tomado por uma sensação de gozo. O problema de minha conduta estava resolvido. Dali por diante, Hyde era inviável; quisesse eu ou não, agora me via confinado à melhor parte de minha existência e como me alegrava pensar nisso! Com que voluntária humildade voltei a abraçar as restrições de uma vida natural! Com que sincero sentimento de renúncia tranquei a porta pela qual eu saíra e voltara tantas vezes e esmaguei a chave com o salto de meu sapato!

No dia seguinte, chegaram as notícias de que o assassinato fora investigado, de que a culpa de Hyde era patente para o mundo e de que a vítima gozava da mais alta estima pública. Não se tratava apenas de um crime, fora uma trágica loucura. Acho que senti alegria ao saber disso, acho que me alegrei ao ver meus melhores impulsos reforçados e controlados pelo temor ao cadafalso. Doravante, Jekyll era minha cidadela de refúgio: se Hyde voltasse a surgir por um instante, as mãos de todos os homens se ergueriam para detê-lo e dar cabo dele.

Decidi redimir o passado com minha conduta futura, e posso dizer honestamente que minha decisão resultou em algum bem. Você sabe perfeitamente com que entusiasmo trabalhei nos últimos meses do ano passado para aliviar o sofrimento; você sabe tudo o que fiz pelos outros e que, para mim, os dias transcorreram tranquilos, quase felizes. Tampouco posso dizer realmente que aquela vida inocente e benfazeja me entediara. Acho mesmo que, dia a dia, eu a desfrutava cada vez mais, mas continuava a ser amaldiçoado pela dualidade de meus propósitos. E quando se gastou o primeiro fio de minha penitência, o lado mais baixo de mim, durante tanto tempo favorecido e acorrentado fazia tão pouco tempo, começou a grunhir pedindo licenciosidade. Não que eu sonhasse ressuscitar Hyde. Só de pensar nisso eu ficava frenético. Não, era em minha própria pessoa que me senti tentado, uma vez mais, a brincar com minha consciência, e foi como um secreto e ordinário pecador que, por fim, caí diante dos assaltos da tentação.

O fim chega para todas as coisas, a maior medida por fim se enche, e essa breve condescendência para com meu mal acabou por destruir o equilíbrio de minha alma. E mesmo assim não me alarmei; a queda parecia natural, como um retorno aos velhos tempos, antes de ter feito minha descoberta. Era um esplêndido e luminoso dia de janeiro, em que se via a terra umedecida de orvalho, mas sem uma só nuvem. O Regent's Park estava tomado pelo trinar dos pássaros de inverno e perfumado pelos odores da primavera. Sentei-me em um banco ao sol: o lado animal que levava dentro de mim devorava os pedaços de memória; o lado espiritual adormeceu um pouco, prometendo penitência para depois, mas sem se mexer para começar. Afinal de contas, pensei, eu era como meus semelhantes; e depois sorri, comparando-me com outros homens, comparando minha boa vontade ativa com a preguiçosa crueldade de sua negligência. E no mesmo momento em que esse pensamento vaidoso me ocorria, fui invadido por uma aflição, por uma náusea horrenda e por tremores mortais. Tudo isso logo passou, deixando-me tonto e, enquanto a tontura por sua vez desaparecia, comecei a tomar consciência de uma mudança no teor de meus pensamentos: uma maior audácia, um desprezo pelo perigo, uma dissolução dos vínculos do dever. Baixei os olhos e vi que as roupas pendiam disformes de meus membros encolhidos; a mão que descansava sobre meu joelho era calosa e peluda. Eu era, mais vez, Edward Hyde! Um momento antes, eu estava seguro do respeito de todos os homens. Era rico, benquisto – com a mesa posta me esperando na sala de jantar de casa. E agora me convertera na presa comum de toda a humanidade, perseguido, sem teto, um reconhecido assassino destinado à forca.

Minha razão vacilou, mas não me abandonou completamente. Observei, mais de uma vez, que em minha segunda personalidade minhas faculdades pareciam aguçadas ao máximo e que meu ânimo se tornava mais tensamente elástico. Foi dessa forma que, ali onde Jekyll talvez houvesse sucumbido, Hyde se deu perfeita conta da importância do momento. Minhas drogas estavam em um dos armários de meu consultório. Como fazer para tê-las? Esse era o problema que (enquanto apertava minhas têmporas entre minhas mãos) me dispus a resolver. Eu trancara a porta do laboratório. Se tentasse entrar pela casa, meus próprios empregados me entregariam à forca. Vi que teria que usar a mão de alguém, e foi aí que pensei em Lanyon. Como chegar a ele? Como convencê-lo? Supondo que eu escapasse de ser preso nas ruas, como fazer para chegar à presença dele? Como poderia eu, um visitante desconhecido e desagradável, convencer o famoso médico a roubar a pesquisa de seu colega, Dr. Jekyll? Foi quando lembrei que ainda me restava uma parte original de meu caráter: eu podia escrever com minha própria letra. E uma vez que concebi essa fagulha de luz, o caminho que devia seguir ficou iluminado do princípio ao fim.

Imediatamente ajeitei minhas roupas o melhor que pude e, chamando um coche que passava, pedi para ser levado a um hotel de Portland Street, cujo nome recordei por acaso. Ao ver meus trajes (que certamente me davam uma aparência bastante risível, por mais trágico que fosse o destino que aquelas roupas cobriam), o cocheiro não pôde dissimular o riso. Rangi os dentes para ele, em um rompante de fúria diabólica, e o sorriso murchou em seus lábios – para a sorte dele e ainda mais para a minha, porque em outra situação eu o teria arrancado da boleia. Ao entrar na hospedaria, olhei em volta com um semblante tão tenebroso que todos os empregados tremeram, sem se atrever a trocar um olhar sequer em minha presença. Prestaram obsequiosa atenção a minhas ordens, levaram-me a um quarto e me trouxeram material para escrever. Hyde em perigo de morte era uma criatura nova para mim: abalado por uma ira desmedida, tão alterado que se sentia disposto até a matar, ansioso para infligir dor. Mas era uma criatura astuciosa: dominou sua fúria com um grande esforço de vontade e escreveu suas duas cartas essenciais: uma para Lanyon e outra para Poole.

E para ter a prova concreta de que tinham sido despachadas, enviou-as com instruções para que fossem registradas.

Dali em diante, passou o dia inteiro junto à lareira no quarto do hotel, roendo as unhas. Ali jantou, sentado sozinho com seus medos; o camareiro tremia visivelmente diante dele. Quando veio a noite, ele saiu acocorado no cantinho de um coche coberto e ficou circulando sem destino pelas ruas da cidade. Digo ele – não posso dizer eu. Aquele filho do Inferno não tinha nada de humano, nele não vivia nada além do medo e do ódio. E por fim, pensando que o cocheiro tinha começado a desconfiar, dispensou o coche e se arriscou a pé, vestido com aquelas roupas desajustadas, um objeto marcado para ser observado no meio dos transeuntes noturnos, com as mais baixas paixões bramindo em seu interior como uma tempestade. Andou apressado, perseguido por seus temores, falando consigo mesmo, esquivando-se pelas ruas menos frequentadas, contando os minutos que ainda o separavam da meia-noite. Em dado momento, uma mulher falou com ele, acho que para lhe oferecer uma caixa de fósforos. Ele a golpeou no rosto e fugiu.

Quando voltei a mim na casa de Lanyon, talvez o horror de meu velho amigo tenha me afetado em alguma medida: eu não sei. Era apenas uma gota no mar em comparação com a aversão com que recordava aquelas horas. Eu passara por uma mudança. Não era mais o medo da forca, era o horror de ser Hyde que me atormentava. Recebi a condenação de Lanyon parcialmente, como em um sonho; e também parcialmente, como em um sonho, voltei para minha casa e fui me deitar. Depois daquele dia exaustivo, dormi um sono pesado e profundo que não foi interrompido nem mesmo pelos pesadelos que me retorciam quase a ponto de me quebrar. De manhã, acordei abalado, debilitado, mas refeito. Ainda odiava e temia a ideia da besta-fera que dormia dentro de mim e naturalmente não esquecera os perigos atrozes do dia anterior. Mas estava outra vez em casa, em minha própria casa, perto de minhas substâncias. A gratidão por ter conseguido escapar brilhou tão intensamente em minha alma que chegava a competir com o brilho da esperança.

Eu estava passeando tranquilamente no pátio, depois do café da manhã, respirando com prazer o ar fresco, quando fui tomado outra vez por aquelas sensações indescritíveis que prenunciavam a transformação. Mal tive tempo de chegar ao refúgio de meu consultório, antes de ser assolado e de voltar a me aterrorizar com as paixões de Hyde. Nessa ocasião, tive necessidade de tomar o dobro da dose para voltar a mim; e, infelizmente, seis horas depois, enquanto estava arrasado, sentado junto ao fogo, as pontadas voltaram e tive de voltar a me administrar a droga. Em resumo, desse dia em diante, pareceu que só por meio de um grande esforço, como o esforço da ginástica, e só sob o estímulo imediato da droga, eu conseguia conservar o aspecto de Jekyll. A qualquer hora do dia ou da noite, podia ver-me invadido pelo estremecimento premonitório. Sobretudo se dormia, ou até mesmo se adormecia por um momento, sentado em minha poltrona, sempre despertava como Hyde. Sob a tensão dessa ameaça que pendia continuamente sobre mim e da insônia a que eu mesmo me condenava, sim, até mesmo além do que acreditara ser possível para um homem, me transformei, em minha própria pessoa, em uma criatura devorada e esvaziada pela febre, com uma debilidade lânguida no corpo e na mente e ocupada apenas por um pensamento: o horror de meu outro eu. Mas quando eu dormia, ou quando os efeitos do remédio passavam, saltava quase sem transição (porque os espasmos da transformação se tornavam cada dia menos perceptíveis) para o domínio de uma fantasia transbordante de imagens de terror, uma alma que fervia com ódios sem fundamento e um corpo que não parecia forte o suficiente para conter as energias furiosas da vida. Os poderes de Hyde pareciam ter crescido diante da repulsa de Jekyll. E por certo o ódio que agora os dividia era igual para cada uma das partes. Em Jekyll, tinha a ver com instinto vital. Ele vira a deformidade plena daquela criatura que partilhava com ele alguns dos fenômenos da consciência e era, junto com ele, co-herdeiro da morte; e para além desses vínculos de união, que constituíam, em si mesmos, a parte mais comovedora de sua aflição, ele pensava em Hyde, apesar de toda a sua energia vital, como em algo não só infernal, mas também inorgânico. Essa era a coisa mais chocante: que o lodo do abismo desse a impressão de emitir gritos e vozes, que o pó amorfo gesticulasse e pecasse, que aquilo que estava morto e não tinha forma usurpasse os atributos da vida. E uma vez mais, que esse horror insurgente estivesse mais estreitamente ligado a ele que uma esposa, mais estreitamente ligado do que um olho; que estivesse enjaulado em sua carne, onde ele o ouvia murmurar e o sentia lutar para nascer; e, em cada momento de fraqueza e na confiança do sonho, prevalecia sobre ele e o destituía da vida. O ódio de Hyde por Jekyll era de diferente teor. Seu terror à forca o impulsionava continuamente a cometer suicídios temporários e a recuar para sua condição subordinada, como se fosse apenas uma parte e não uma pessoa. Mas ele detestava essa necessidade, detestava a desesperança em que Jekyll agora caíra e se ressentia da desafeição com que ele mesmo era visto. Daí os truques simiescos que tramava contra mim, garatujando com minha própria letra blasfêmias nas páginas de meus livros, queimando as cartas e destruindo o retrato de meu pai. E não há dúvida de que, não fosse seu medo da morte, há muito tempo teria se arruinado para poder me carregar junto em sua ruína. Mas seu amor pela vida é maravilhoso. E vou até mais longe: eu que adoeço e me assombro só de pensar nele, quando me lembro da abjeção e da paixão desse apego e quando sei como teme meu poder de apagá-lo com o suicídio, não posso evitar que meu coração tenha pena dele.

De nada adianta prolongar essa descrição, porque o tempo me foge. Basta dizer que nunca ninguém sofreu semelhantes tormentos, mesmo que o hábito tenha trazido – não alívio – mas certa insensibilidade da alma, certa aceitação do desespero. Meu castigo poderia ter continuado durante anos, se não fosse pela última calamidade que aconteceu agora, que por fim me privou de meu próprio rosto e natureza. Meu estoque do sal, que nunca mais renovei desde o dia do primeiro experimento, começou a minguar. Mandei buscar um novo suprimento e misturei a poção: produziu-se a ebulição e a primeira mudança de cor, não a segunda. Eu a bebi, mas ela não produziu efeito. Você saberá por meio de Poole que mandei esquadrinhar toda a Londres, tudo em vão. Agora estou convicto de que meu primeiro suprimento era impuro e que foi essa impureza desconhecida que gerava o efeito da poção.

Passou-se quase uma semana e estou concluindo agora essa declaração sob a influência do último resto dos antigos pós. Esta é, então, a última vez, a não ser que aconteça um milagre, em que Henry Jekyll pode pensar seus próprios pensamentos, ou ver seu próprio rosto (agora tristemente alterado) no espelho. Tampouco posso adiar para sempre o final deste meu escrito, porque se minha narrativa até agora escapou da destruição, foi graças a uma combinação de grande prudência e muito boa sorte. Se as agonias da transformação me invadirem enquanto escrevo, Hyde fará o escrito em pedaços; mas se tiver passado algum tempo depois de tê-lo guardado, seu maravilhoso egoísmo e seu modo de limitar-se ao momento presente provavelmente o salvará uma vez mais da ação de seu desdém simiesco. Na realidade, a condenação que vai se fechando sobre nós dois já o mudou e abateu. Dentro de meia hora, quando eu recobrar de novo e para sempre essa odiosa personalidade, sei que ficarei sentado em minha poltrona tremendo e chorando, ou seguirei, com o ouvido mais tenso e temeroso, atento como em um êxtase, indo e vindo por essa sala (meu último refúgio na Terra), tentando captar qualquer som de ameaça. Hyde morrerá enforcado? Ou encontrará coragem para libertar-se de si mesmo no último instante? Só Deus sabe e já não me importo com isso. Essa é a verdadeira hora de minha morte e o que vier depois disso diz respeito a alguém que não sou eu. Aqui então, no momento em que largo a pena e vou lacrar o escrito de minha confissão, ponho fim à vida do desventurado Henry Jekyll.

MOMENTO HISTÓRICO

Robert Louis Stevenson nasceu em 1850, na Escócia, quando o mundo estava prestes a entrar na chamada Segunda Revolução Industrial, que daria ao capitalismo condições para se desenvolver em ritmo acelerado. A difusão do aço, a descoberta de novas fontes de energia e o aprimoramento dos sistemas de comunicação e transporte são algumas das características dessa época.

O desenvolvimento econômico acelerado agravou ainda mais os contrastes sociais, e diversos crimes violentos passaram a ocorrer na Inglaterra, principalmente na capital, Londres. Em 1829, por exemplo, foi criada a Scotland Yard, a fim de conter a violência.

Em contrapartida, no fim do século XIX a Europa continental se via às voltas com a efervescência artística e cultural da belle époque, período cosmopolita da história europeia que durou até o início da Primeira Guerra Mundial, em 1914.

Na mesma época, a pesquisa e as descobertas de Charles Darwin o levaram a desenvolver a teoria da evolução das espécies. O evolucionismo darwinista acabaria se tornando a base das ciências biológicas contemporâneas.

1870

Após a derrota francesa na Guerra Franco-Prussiana, os operários tomam o poder na França e instauram a Comuna de Paris, movimento que decretou, por exemplo, a separação entre Igreja e Estado.

1880

É inaugurada em Nova York a Estátua da Liberdade, em comemoração ao centenário da Declaração de Independência dos Estados Unidos. Em Paris, é construída a Torre Eiffel em homenagem o centenário da Revolução Francesa.

1890

No Brasil, é promulgada a primeira constituição republicana, em 1891. Ela vigorou até o fim da República Velha, em 1930, e seus autores foram Prudente de Morais e Rui Barbosa.

1900

Em 1901, depois de 63 anos, a Era Vitoriana chega ao fim. O reinado da rainha Vitória foi marcado pelo desenvolvimento tecnológico, pelo fortalecimento da economia e pela expansão neocolonista inglesa.

bagagem de informações

MOMENTO LITERÁRIO

Não há como negar que O *Médico e o Monstro* é um clássico. Muitos talvez pensem que, para uma história ser considerada clássica, basta ser antiga. Mas não é bem assim. Uma obra clássica é aquela que tem a capacidade de exercer influência no modo de pensar das pessoas e refletir-se na produção cultural mesmo muito tempo depois de ter sido criada. Os livros clássicos fazem parte do nosso repertório cultural e pessoal mesmo que nunca o tenhamos lido. São histórias eternas, que continuam interessantes e atuais.

A ideia da duplicidade e as cenas de terror presentes em O *Médico e o Monstro* são um bom exemplo da influência que essa obra exerceu e ainda exerce nos dias atuais. A transformação do bom médico, altruísta e educado, em um ser monstruoso, mau, egoísta e violento já é uma história conhecida por todos, mesmo por aqueles que nunca ouviram falar de Robert Louis Stevenson (1850-1894) ou de seu legado literário.

POR ONDE ANDA O MÉDICO E O MONSTRO?

* O romance gráfico *A liga extraordinária*, de Allan Moore, e o romance *Mary Reilly*, de Valerie Martin, são obras que se baseiam na história e nos personagens de *O Médico e o Monstro*.

* *O Médico e o Monstro* já foi adaptado quatro vezes para o cinema. Há ainda outros filmes que fazem referência à obra de Stevenson. Em *Van Helsing – o caçador de monstros*, o protagonista enfrenta Mr. Hyde. No brasileiro *O incrível monstro trapalhão*, uma poção é responsável pela transformação de Didi em um monstro. *A liga extraordinária* e *Mary Reilly* também foram adaptados para o cinema.

* Os desenhos animados também já pegaram carona na história de Dr. Jekyll e Mr. Hyde. Em um episódio da série *Looney Tunes*, o personagem Pernalonga se depara com um médico que, ao tomar uma poção, se transforma em uma criatura monstruosa. Em outro episódio, Piu-Piu, ao fugir de Frajola, encontra uma poção em um laboratório que o transforma em um pássaro amarelo gigante.

bagagem de informações